JN096555

スラムに水は流れない

ヴァルシャ・バジャージ
村上利佳・訳

おすなろ書房

スラムに水は流れない

THIRST

by Varsha Bajaj

This edition published by arrangement with Nancy Paulsen Books,
an imprint of Penguin Young Readers Group, a division of Penguin Random House LLC,
through Japan UNI Agency, Inc., Tokyo

イラストレーション:草野翠
ブックデザイン:城所潤+大谷浩介(ジュン・キドコロ・デザイン)

水、水、見渡す限り水
なのに、この船は干からびている
水、水、あたり一面水ばかり
なのに、飲める水は一滴もない

——サミュエル・テイラー・コールリッジ（イギリスの詩人　一七七二—一八三四）

1

わたしと兄のサンジャイは、ムンバイの街の丘の上に座って、果てしなく広がるアラビア海を見つめていた。潮風がそっと暑さをやわらげてくれる。

「ここから見ると、世界はまるで水でできてるみたいね。みんなに、じゅうぶんすぎるほどの水がある」

わたしはそう言ったけれど、実際はそうじゃないことぐらい、わかっている。

遠くに、海上大橋の主塔が空に向かって高くそびえ、道路がカーブを描くように湾の上を走っている。

「橋の主塔がMのように見えない？」

「そうだな。ムンバイの頭文字のM？」

「わたしの名前、ミンニの頭文字のMよ。あと、モンスーンの頭文字のM。今年はちゃんとモンスーンが来るといいな」

このごろ、季節風のモンスーンが吹いて雨が降る〈雨季〉が来るのが、どんどんおそくなっている。

その分、水不足がますます深刻になっている。

ムンバイは昔、島だったので、水に囲まれているけれど、わたしが知っている人はたいてい、水を手に入れるのに苦労している。わたしたちの家に、水道はない。家の外に近所の人たちといっしょに使う蛇口があるだけだ。母さんはいくつものバケツに水をくむため、夜明けとともに起きなくてはいけない。なぜって、水不足がよほど深刻でない限りお役所は毎日水を通すけれど、朝は二時間、夕方は一時間だけに限っているから。それ以外の時間、蛇口から水は出ない。どの家も家の外に大きなタンクがあって、そこに一日分の水をためている。

「母さんや近所のおばさんたちが、ぽたぽた水がもれるあの古い蛇口にマリーゴールドの花輪をかけたときのこと覚えてるか？　蛇口が神さまで、花をそなえたら魔法でもかけられるみたいに」と、サンジャイが言った。

もちろん、覚えている。わたしと兄はケラケラと笑った。水が流れるというより、したたるていどにしか出なかった、あのやりきれない一日を思いだすのはつらかったけれど。

わたしは海をながめた。はなやかなボリウッド（ムンバイの旧称ボンベイとアメリカの映画の都ハリウッドとの合成語）映画スターの何枚もの看板が、視界をところどころさえぎる――その看板はわたしたちの家より大きい。

わたしが住んでいる地域の家はどれも小さく、たがいに折り重なるようにびっしりと建っている。だけど、どの家も海に面している。超高層マンションに住むお金持ちは、同じ海のながめを手に入れるために高いお金を払っているのだ。

去年、うちの地域で、慈善団体による家の壁の塗りかえと、トタン屋根の雨もりの修理が行われた。海上大橋をエアコンの効いた自動車で走りぬけていくお金持ちが、かたむきかけたカビだらけのスラムの街の建物を見たくないからららしい、と言う人もいた。

わたしが家の壁に選んだペンキは、黄色だった。トタン板とコンクリートの壁にこびりついたコケやカビを、やすりでこすり落とす。それから、父さん、母さん、サンジャイ、わたしは、黄色のペンキをたっぷりハケにふくませた。最初のひと塗りは、まるで闇を払うまばゆい日の光のようだった。近所の家は、紫、青、赤、オレンジを選んでいた。うちの通りは、虹のように見えた。

「ねえ、サンジャイ。わたしたち、大人になっても水の心配をしないといけないのかな？」

サンジャイは黙っている。

だから、わたしは自分で答えた。

「ううん、そんなわけないよね」

わたしは、遠くに輝いて見える高層ビルのかたまりを指さした。母さんは午後、あの建物のどれかで働いている。

「わたしたちはいつか、あの大きくてピカピカのマンションに住むの。家のなかに水道があるマンションにね」

「そりゃいい」サンジャイは、まるでわたしが未来を予言したみたいに言うと、わたしと腕を組んだ。「ここで生まれ育って、パソコンの勉強をし、今じゃ高層ビルに事務所をかまえて社員が六十人もいるあの人みたいにな」

わたしはうなずいた。

「最上階に水がいっぱい入ったプールのついたビルもあるなんて信じられる？　うちの近所の人たち全員で水浴びできるくらいのが。ビルのてっぺんにプールを作るなんて、どう思う？　見てみたくない？」

サンジャイは笑った。

「お得意の質問ぜめだ！」

「ねえ、水がそんなにたくさんあまってるなんて、めちゃくちゃラッキーな人たちだね……」

「ミンニ。この海の水を全部、飲み水に変えられる方法があったらいいのにな。そしたら、おれたちみんなに水が行きわたるのに」

「方法はあるの！　学校の先生が言ってたわ、それは可能だって。〈脱塩〉っていう方法。でも、とてもお金がかかるし、塩分を取りのぞくのにすごく大きな工場が必要なんですって」

「おまえは頭がいいなあ。しゃれたビルに住めるぞ！」

「兄さんだって」

サンジャイは十五歳。去年、十年生で学校を卒業し、レストランで働きだした。兄さんの夢はシェフになること。今は下働きだけど。でも、サンジャイが料理の仕事を気に入っているのはよかった。上の学校に進むお金は、うちになかったから。

サンジャイの夢がかなうといいな。シェフ・サンジャイ。

わたしは手相占い師になったつもりで、自分とサンジャイの手のひらをじっくり見た。

「わたし、ミーナおばさんみたいになれると思う？」

「なれるさ。おまえならこうするって決めたら、なんだってやれるよ。それに、おまえの名前はおばさんの名前にちなんでるんだし」

「おばさんみたいに、学校を卒業していい仕事につくの」わたしは、願いを口に出して言った。

「へー、〈おしゃべりミンニ〉が、金持ちにねえ」サンジャイが、小さいころのあだ名を持ちだして、わたしをからかった。「でもおれは、ミンニは科学者のほうが向いてると思うけどな」

「それはかっこいいな——それか、建築士もいいよね」と、わたしはうっとりと言った。「あのへんの高層マンションの屋根は、うちの屋根みたいに、モンスーンの後でも雨もりなんて絶対しないんだろうね。うちも雨もりしなかったら、いいのになあ。あと、あんなに暑くならなきゃいいのに」

太陽がしずみはじめ、わたしたちは家に向かった。大通りには、水を求めて長い列ができていた。今日は水圧が弱いにちがいない。四方八方にのびている簡易のホースを通ってくるだけの水圧がなければ、人々は大元の水道栓に並ばなければならない。水を求める列はヘビのように角を曲がってのびている。ののしりあう大きな声が聞こえ、男たちがたがいをつき飛ばしはじめた。悲鳴があがる。女の人たちがさっと引く。どなり声でいっぱいだ。

けんかがまた始まる。

わたしとサンジャイは、もう見てはいなかった。兄さんはわたしの手をつかみ、向きを変えてその場から離れ、路地や横道をぬけて家へと走った。走るスピードに合わせて心臓がドクドク鳴る。

父さんは昔から、何百回となくわたしたちに言い聞かせてきた。災いは、こっちが呼ぶからやってくる。いったん来たら、お茶を飲んで飯を食って、ゆっくりしていくぞ。

わたしたちは災いを呼ぶつもりはなかった。

2

母さんが作るダール（ひきわりの豆）を使った料理は、世界でいちばんおいしい。父さんは、もうおかわりしている。

「おれは、世界でいちばんおいしいチャイ（スパイス入りミルクティー）とパコダ（ヒヨコマメの粉とスパイスを混ぜた衣をつけた野菜の揚げ物）は作れるが、そのほかはおまえたちの母さんにかなわないな」父さんはそう言って、満足げにため息をついた。

父さんが母さんの料理をほめるといつも、母さんは顔を赤らめる。

母さんのジャガイモ料理は、これまた口のなかで溶けてしまう。だから、わたしは最後のひと口用に少し取っておく。そこにサンジャイの右手がのびてきたから、わたしはその手をピシャッとたたいた。

「おしゃべりミンニが、ジャガイモもわけてくれない！」サンジャイはわざと大げさに言う。

「母さん、サンジャイに言ってよ。その呼び方やめなさいって。わたし、もう五歳のチビじゃないんだから」わたしは文句を言った。

でも笑いをこらえきれず、結局サンジャイにひと口わけてあげる。おどけたサンジャイに勝てたためしがない。

わたしたちは、居間の床の真ん中に座っていた。父さんと母さんが寝るスペースとは、カーテンで仕切られている。サンジャイとわたしが寝るのは、せまい屋根裏だ。クラクションの音が鳴り続け、料理のにおいと蚊を追いはらうためのシトロネラ（イネ科の植物でレモンのような香りがする）のにおいが、家のなかに満ちている。

「水をくむ列でちょっとゴタゴタがあったようだ。それとは別のけんかも」父さんがわたしたちにそう言った。父さんはヒンディー語で「万歳」という意味の〈ジャイ・ホー〉というチャイの店をやっている。近所の人のたまり場になっているので、父さんはなにが起こっているか全部耳にするのだ。

サンジャイとわたしはたがいをちらっと見た。なぜなら、そのことに関しては、わたしたちのほうが父さんよりちょっとばかりくわしいからだ。

でも、わたしたちは黙っていた。父さんが、三匹のサルのことわざ、〈見ざる聞かざる言わざる〉――悪いものは見ない、悪いことは聞かない、言わないのがよい――を信じているからだ。

母さんは、首にさげたガネーシャ神のロケットにそっとキスをした。ガネーシャ神は困難や障害を取り除き福をもたらしてくれる、学問や商売の神さまだ。四本の腕を持つたいこ腹の人間の体に、片方のきばが折れたゾウの頭を持っている。

「だれもけがをしていませんように」

「水圧は、もうかなりさがっている。給水車をたのまないといけないかもって言ってる人もいる。いつもなら、そんなこと五月まで起きないのに」と、父さんが言った。

母さんが心配そうな顔をした。水を買うということは、お金がいるということだ。うちにそんなお金はない。

それから母さんは、一枚のチラシを手さげ袋から取りだした。

「これが診療所の掲示板に貼ってあったの」

父さんは古びた籐いすにもたれて座っていたが、体を起こすとけわしい声で言った。

「どうして診療所に行ったんだ?」

「そんなこと、どうでもいいのよ」と、母さんが答えた。

「どうでもよくないよ」サンジャイとわたしは、声をそろえて言った。

「おなかが痛かったのよ」母さんが言った。「だから、新しい先生にみてもらいに行ったの。でも、診察待ちの列が長くて。とても待ってられなかった」

母さんが最近食欲がなさそうなことに、わたしは気づいていた。

「たぶん、なんでもないわ。ちょっとした虫かも。ほら、去年みたいに。先生がおっしゃったでしょ？水はいつでもわかしてから飲むようにって」と、母さんが言った。

「おれたち、たいていそうしてるじゃないか。少しは気分よくなった？」と、サンジャイが聞いた。

「疲れたわ。でも、だいじょうぶ。もう、わたしのことはいいから。とにかく、あそこに行ってよかったわ。じゃなければ、パソコン教室のことを聞けなかったかもしれないもの」

え？　パソコン教室？

わたしは目を見開いた。小さな部屋がとつぜん、ものすごく広い空間になった気がした。〈パソコン〉という言葉が声に出して発せられたことで、まるで魔法みたいに、そこにはないはずの窓を壁に作りだしたようだった。

ふだんは黙って話を聞いている父さんも、次々質問した。だれがその教室をやってるんだ？　いつどこでやるんだ？　そこに入れるかどうかは、だれが決めるんだ？　なにを教えてもらえるんだ？

そして、サンジャイがいちばんかんじんなことを聞いた。

「母さん、それ、どのくらいお金がかかるの？」

一気に部屋が元の大きさにちぢんだ。お金――すべてはこれ次第。

「わからないわ。でも、明日仕事に行く前に、もう一度ちゃんと聞いてくる」

母さんは働きづめだ。わたしたち家族のために料理やそうじをするだけでなく、うちからそんなに遠くないあのりっぱな高層マンションに住んでいるよその家族の料理やそうじも毎日している。

「友だちの息子さんは学校が終わったら、すぐパソコンを習いに行って、大きな会社の仕事につけたって」母さんは、サンジャイの髪をくしゃくしゃっとしながら言った。「うちのサンジャイもそんな仕事につけるかもしれない」

「それならミンニだよ。ミンニは頭がいいから。いつだってクラスでトップだ。それに、おれはもう仕事があるし」と、サンジャイが言った。

「ふたりとも、やれるかもしれないわ」と、母さん。

母さんがサンジャイには別の仕事についてほしいという夢を語るたび、サンジャイはうつむいてしまう。母さんはわたしのように、シェフになるというサンジャイの夢を応援してはいない。応援してくれるといいのに。

「兄さんは、テレビで自分の料理番組を持てるような一流のシェフになるわよ」と、わたしは言った。

「そしたら、わたし見に行く。そして、いちばん大きく拍手するの。兄さんの名前がついた料理もできるわ。〈サンジャイ特製オクラのスパイス炒め〉よ」

父さんはわたしに愛情をこめて笑いかけた。

「ミンニお得意の夢物語だな」

と、そのとき、母さんが満面の笑みをうかべてさっと立ちあがった。

「忘れるところだったわ。おどろかせるものがあるの。ピンキーがマンゴーをくれたのよ。アルフォンソマンゴーよ」

「それ、めちゃくちゃ高いやつだよ！」と、わたし。

「ええ、とっても高いわ。それに、出回りはじめたばかりだから」と、母さんがほほ笑んだ。

母さんは布の手さげ袋からマンゴーを取りだし、皿の上に置いた。うれすぎてもいない。黒くなったり茶色くなったりしているところがあるわけでもない。明るい黄色で、赤い筋が走っている。さわってみるとかたいけれど、しっかり熟している。腎臓みたいな形をしている。そのマンゴーは、輝いていた。

三組の目が、母さんに向けられる。もっとくわしく知りたい。

母さんは女子学生のようにクスクスと笑った。笑うと、ほお骨がきゅっとあがる。

「ピンキーの髪がくしゃくしゃにからまってね。彼女のお母さんがくしでとかそうとしたんだけど、痛い痛いって大変で。だから、手伝ってあげたのよ」

ピンキーは、母さんが働いている家の娘で、わたしと同じくらいの年だ。

わたしは、母さんがいつもわたしにやってくれるみたいに、ピンキーの髪をやさしくとかし、三つ編みにする様子を思いうかべた。

「で、それだけで、ピンキーが母さんにアルフォンソマンゴーをくれたっていうこと？」と、サンジャイが言った。

母さんは笑った。

「おまえはピンキーが自分のお母さんにどんなに大きな声でわめいていたか知らないから。アニータ奥さまは、ピンキーの声で頭が痛くなったっておっしゃったくらいなのよ」

母さんは、果汁たっぷりのマンゴーを四つに切った。母さんがいちばん小さいのを取ったことにも、サンジャイの分がわたしのよりちょっとだけ大きいことにも、わたしは気づいていた。

「母さん。マンゴーの季節は、毎日ピンキーの髪をとかしてよ」と、サンジャイが言った。

「いつでもやるわ。ピンキーはいい子なのよ。それにアニータ奥さまは、いつもわたしたちによくしてくださる。ミンニの今年の学費まで出してくださったほど」

わたしはマンゴーを口に入れかけてやめた。

「そんなこと、ひとことも聞いてないわ」

「そうだった？　去年の十二月、おばあちゃんに少しお金を送らなきゃならなくて、あなたの学費を払えるか心配してたときのことよ。奥さまが、出してあげるとおっしゃってくださったの」

わたしは、今知ったことをどうとらえていいかわからなかった。もし、母さんの雇い主がお金を用意してくれなければ、うちはどうしたのだろう？　今通っている、慈善団体が運営している私立校ではなく、学費のいらない公立校に行かされたのかな？

こんな大事なことを、どうして母さんは話してくれなかったのだろう？　自分の未来がよその人の手のなかにあり、自分はその事実を知りもしなかったなんて、心がざわつくのを止められなかった。

3

夕ご飯の後、わたしは家の外の段に座った。犬のモティが、クーンと鳴きながらやってきた。モティはこのあたりでくらしているけれど、だれかの犬ではなく、みんなの犬だ。ふだんは、うちから二、三軒先にあるナンおばさんの家のまわりをうろついている。おいしいことで有名な、おばさんお手製のナン（小麦粉を発酵させて焼いたパン）をわけてもらえるからだ。わたしたちは〈ナンおばさん〉と呼んでいるけれど、それは、おばさんが最高においしいナンを焼くからだ——おばさんは、地元のお店からたのまれて毎日何百枚もナンを焼き、おしゃれなレストランにも納めている。

モティはクンクンと鳴き続けた。様子がいつもとちがう。そこでわたしは、モティといっしょに細い道を歩いて、ナンおばさんの家に行ってみた。ドアは閉まり、明かりはついていない。

「モティ、おかしいね。おばさんたち、どこに行ったんだろう」

角でトランプをやっていたお年寄りが数人、こっちを見た。

「ナンおばさんなら、だんなを連れて診療所に行ったよ」お年寄りのひとりがそう言った。「水くみ場の列でけんかがあって、けがをしたんだ」

なんですって!?

わたしは急いで両親に知らせに行った。ナンおばさんと母さんは親友だった。そして、おじさんはとてもおとなしい人で、あのおじさんがけんかをするなんて思えなかった。

話を聞いて、父さんはぱっと立ちあがった。

「助けがいるかもしれないから行ってみよう」

このあたりは道がとてもせまいので、車は入ってこられない。だから、診療所まで歩く間に車にはねられる心配はない。そのかわり、オートバイに気をつけ、子どもたちがクリケットで遊んだり、ちょっと年上の男の子たちがラップをやっていたり、お年寄りが道の真ん中でトランプやカロム（おはじきとビリヤードを足したようなボードゲーム）をしたりしているのを、ぐるりとさけて歩いていった。

夜勤に向かう人と仕事から帰ってくる人の波をぬって進む。掛け算の九九を覚える声や夕方の祈りをささげる声が聞こえてくる。この暑さでどの家もドアをあけっぱなしにしているので、だれがなにをしているかまるわかりだった。

そのとき、ナンおばさんとおじさんが、わたしたちの方へ歩いてくるのが見えた。わたしは興奮のあまり、腰かけにのせてあったカロム盤をひっくり返しそうになり、みんなが「ミンニ！　気をつけて」と大声をあげた。

「ごめんなさい」わたしはそう言うと、ちょっとだけスピードをゆるめてナンおばさんに走り寄った。おじさんは額にけががをしたのか頭にガーゼの包帯を巻き、おばさんに寄りかかるようにしてゆっくり歩いてきた。ふたりとも疲れきっているようだ。

「石が飛んできたんだ。ちょうど目の上に当たった」と、おじさんが言った。

「この人がとっさによけたから、まだよかったのよ。片目をなくすところだったわ」と、ナンおばさんも言った。

父さんが、前に出てきて言った。

「肩をかすよ」

カロムをしていた人たちのひとりが、反対側からおじさんを支えた。

わたしはナンおばさんの腕を取って歩いた。おじさんが無事でよかった。おじさんは災いを呼んだわけではなかった。でも、災いのほうがおじさんを見つけてしまった。だれでも、まずいときにまずい場所にいることはあるもの。だから注意しなくてはならない——そして運がよくなければ。

その夜、わたしはノートを開いた。家族ぐるみの友人シャンティは、このあたりの〈ストーリーテラー〉として、いろいろな物語を語る仕事をしている。ずっと日記を書き続けていて、わたしにも日記を書くようにすすめてくれた。わたしたちは日記を書くことで自分たちの考えを整理し、気持ちを落ち着かせることができていた。わたしは自分が詩を書くことが好きだということにも気づいた。サンジャイは「おしゃべりミンニ、女流詩人となる」とからかってきたけれど。

今夜わたしが書いたのはこれだった。

見わたす限り水平線まで、
水が広がる。
ときに海はおだやかで、
やさしく漁船をゆらす。
またときに、うずを作り、高く立ちあがり、
岩にぶつかってくる。
水は命と人は言う。

水は、自分のせいで災いが起きると、
知っているのか？
けんかは？
水くみの列は？
心の痛みは？
だが、今日はおだやかだ。
美しい。
まるで銀の糸を織りこんだ青いサリーが、
どこまでも続くかのように。
でも、明日はどうだろう？

4

　学校からの帰り道、わたしと親友のファイザは、いつものようにおしゃべりしながら歩いていた。野良犬や眠っている牛、ごみの山、屋台の物売りなどをよけながら、とぎれることなくしゃべり続ける。

「ねえ、ミンニ。きのう先生が『スチューデント・オブ・ザ・イヤー』の歌で、ダンスのステップを教えてくれたんだよ」

「あの映画の？」

　ファイザはうなずいた。

「あたし、その間ずっと、アーリヤーになったつもりでおどってたの」

　アーリヤー・バットは、その映画でヒロインを演じた人気女優だ。

「いいじゃない。ファイザは、ボリウッドの女優さんたちに負けないくらい才能があるわよ」

「ほんとに？」

「くるっと回るところとか、あと、リズム感とか。わたしがやったら顔から転んじゃう」

ファイザがわたしの手を取った。

「ミンニは、あたしの親友よ。一生の」

これはほんと。これまでずっといっしょだった。わたしたちは道路で石けりをして遊び、人形を取りあってけんかした。わたしがヒンズー教徒でファイザがイスラム教徒だということは、まったく関係なかった。ファイザのお母さんがイード・アル＝フィトル（イスラム教の断食明けの祭り）用にスパイスのきいた焼肉、ケバブを焼くときは、必ずわたしの分がある。うちの母さんもディワリ（ヒンズー教の新年を祝う祭り）のために団子状のあまいお菓子、ラドゥを焼けば、ファイザの分を取っておく。

もうすぐバンヤンの木（クワ科の常緑高木）というところまで来ると、シャンティがほら貝を吹いているのが聞こえた。わたしたちは走っていき、バンヤンの木の下に座っているシャンティを見つけた。ファイザとわたしはここによく来る。シャンティがみんなに物語を語る〈ストーリーテリング〉をしないときでもやってきた。三人でただ座り、この世界について語り合うこともある。シャンティは先生でもあり、最高のアドバイスをくれる。

この日の午後は、近所の人がたくさんやってきた。シャンティが話しはじめた。

「今日は、とある結婚式と、とても興味深い持参金の話をしましょう」

みんな、ほうっとため息をついた。結婚式が好きじゃない人なんていないよね？

わたしたちは、去年の夏、近所に住むリーヴァの結婚式に出た。ファイザとわたしは、足にまめができるまでおどった。お祝いの宴では、最高にやわらかくて、最高にあまいジャレビ（小麦粉のゆるい生地を揚げてシロップに漬けた菓子）が出た。かじると、口のなかにあまいシロップがじゅわっと広がった。目を閉じれば、リーヴァが着ていた深紅のサリーと、ヘナの葉のペーストを使ってリーヴァの両手に描かれた、美しい文様のヘナタトゥーが目にうかぶ。

シャンティのまわりに集まった人たちは、みんなわたしたちと同じくらい興奮している。

「その結婚式の前に歌とダンスの儀式、サンギートはあった？」と、ファイザがたずねた。「サンギートパーティーのない結婚式なんて、結婚式じゃないもの」

そうだ！　そうだ！　みんなが調子を合わせる。

「シーッ」シャンティが言った。「これは昔々の結婚式。それもちょっとちがうタイプのもの——王族の結婚式よ。ポルトガルのジョアン四世の娘、キャサリン・オブ・ブラガンザがイングランド王のチャールズ二世に嫁いだときの話。ジョアン四世は持参金としてなにを用意したと思う？」

「冷蔵庫？」と、わたし。

「車？」と、ファイザ。

「家じゃないか？」これはサンジャイの声。兄さんもこの人だかりにまじっていた。シャンティは、楽しげに大きな笑い声をあげた。

「これは、四百年も前の話よ。冷蔵庫も車もないわ。それにチャールズ二世は、お城をいくらでも持っていたはず。だから、ジョアン四世はキャサリンの持参金の一部として、イングランドにボンベイをわたすと約束したの」シャンティは上手なストーリーテラーなので、ここでまたひと呼吸置いた。

「ボンベイ？　それって、ここムンバイのことよね？　この町をまるごと持参金にしたの？」と、わたしが聞いた。

「だって、王さまですもの！」と、シャンティが言った。

「ボンベイって、ジョアン四世がだれかにやっちまえるものだったんだ！」だれかがさけんだ。

シャンティはほら貝を吹き、みんなが静かになると、また話しはじめた。

「当時、ボンベイはひとつの大きな湿地帯にうかぶ七つの島だった」

「湿地帯？」と、だれかがたずねた。

「そうよ。ここは当時、湿地帯だった。人々は大量の石を集め、海に投げこんだ」と、シャンティが答えた。

「で、どうなったんだい？」と、だれかが聞いた。

「みんなが集めたのは、人より大きな石だった。それで、海を押し返すほどの壁を作ったの。でも、海はそんなものどうってことなくて、その壁を何度も何度も押しくずした」

目を閉じれば、その壁がまるではげしいモンスーンにおそわれた家の壁や屋根のように、くずれる様子がうかんでくる。

シャンティが語りを終えようとするころ、ファイザがひとつ質問した。

「その島に住んでる人たちも持参金にふくまれたの？　家畜みたいに？　そのころ、そんなふうにあつかわれてたの？」

「おれたちなんて、今でもそんなていどにしか思われてねえよ」と、サンジャイが言った。「だから、水も満足に手に入らない。そして、しゃれた店に入ろうとすると、いろいろ聞かれる。まるでおれたちが盗みでもするみたいにな」

「いいところをついてきたわね」シャンティは、いかにも先生っぽい口調で言った。

家に向かって歩きながら、その場の雰囲気をやわらげようと思ったのか、ファイザが習ったばかりのダンスのステップをとつぜんやってみせた。

「うまいな。ボリウッド映画のダンサーになっても、おれがクリケットの打ち方を教えたことは忘れないでくれよ」と、サンジャイが言った。

「サンジャイが一流のシェフになっても、少しはましにおどれるように教えたのがあたしだって忘れないでね。ましって言っても知れてるけど」と、ファイザが笑った。

そこへ、サンジャイの友だち、アミットが走ってきた。なんだか興奮している。

「サンジャイ、サンジャイ、うちのおじさんが今夜あの新しい車を運転するって。おれたちを乗せてやってもいいって言ってくれたぞ！」

アミットのおじさんのラムは、金持ちのおかかえ運転手だ。その家の人はみんな旅行ばかりしているので、おじさんはしょっちゅう空港に送迎している。

サンジャイは色めき立った。

「やった！　あのサンルーフ、超イケてるよな！　サウンドシステムも絶対すごいはずだ」

「そうさ。シートの後ろにテレビまでついてるんだぜ」

わたしが目を輝かせているのを見て、アミットはこちらに体を向け、ラップを始めた。

「そうだよ、ミンニ。シートはしっとりやわらかいレザー。あれよりベターなすわり心地はねえ。エアコンからは、超冷てえ空気。なにしろあいつは、超たけえ車。いつでもおれは、借りた車で快適ドライブ」

「めちゃかっこいいよ、アミット。あなたって、なんでも韻をふめるんだね。ミンニとあたしも乗せてくれる？」と、ファイザが言った。

「ラムおじさんにたのんではみるけど、どうなるかわかんないぜ」

「えー、お願い、お願い、お願い。ダンスを教えてあげるから」ファイザは小首をかしげ、ナンをねだるときのモティのような目をした。

「わかった、わかった。たのんでみるよ。いやとは言えねえな。夕飯食べたら集合だ。おじさんを説得してみるよ」

　わたしたちはアミットとは別の方向へ歩きだした。

「あなたがラップでスターになったら、きっとあたしに感謝するわよ。ダンスもできるほうがいいもんね」ファイザは、歩きながらアミットに向かってさけんだ。

「ファイザの言うとおりだわ。ファイザなら、ボリウッドの王、シャー・ルク・カーンみたいにおどれるようにしてくれるわよ。そうなったら、アミットがボリウッドの次のキングね。後悔させないわよ」

と、わたしもさけんだ。

「キング・アミット！　そいつはいいいな」アミットはそうさけび返すと、夜の闇に消えていった。

5

「新車のメルセデスなんだ」ラムおじさんは、自慢げに言った。それから、わたしとファイザに目をやった。「その子たちは、なぜいるんだ?」と、アミットに聞いた。「乗せるのはひとりだけだって言っただろ。このへんの子どもたち、全員乗せろとでも言うのか?」

「おじさん、ごめんなさい。この子たちは家の手伝いも勉強もがんばってるんだよ。だからちょっとごほうびをあげてくれないかなって……」アミットはそう言うと、助手席に乗りこんだ。

ラムおじさんは、そう言われても納得していないようだった。わたしはあとずさりし、回れ右をして家に帰ろうとした。でも、ファイザはわたしの腕をつかみ、ささやいた。

「ちょっと待って」

「おじさん」ファイザは、とびきりかわいらしく声をかけた。「あたし、メルセデスって乗ったことないんです。エアコンはついてるんですか?　シートはほんものの革なんですか?」

沈黙。一……二……三……四……五……六……。

おじさんが、ため息をついた。

「わかった、わかった。乗っていい。だがあちこちさわるなよ」

サンジャイとファイザ、そしてわたしは、おじさんの気が変わらないうちにと、急いで後部座席に乗りこんだ。おじさんがエンジンをかけると、力強いエンジンのブルルルという音がひびいてきた。おじさんは窓を閉め、ボタンを押した。冷たい空気が流れてきて、わたしたちはブルッとふるえた。

しばらくわたしたちは黙ったまま、夜のムンバイをながめていた。すると、車の天井がウィーンという音とともにあきはじめ、空が見えた。度肝をぬかれているわたしたちの顔を見ておじさんが言った。

「さあ。立って、屋根から頭を出して、世界を見てみろ」

おじさんに二度言われるまでもなかった。わたしたちはビーチサンダルをぬぎすてると、シートの上に立ち、サンルーフから頭をつきだした。サンジャイが両手を高くあげてさけんだ。

「ムンバイ！　おれはサンジャイだ」

夜の空気はまだ暑く、じっとりしている。だから、風が心地よかった。わたしも両手をあげた。その瞬間、まるで世界を征服したような気分になった。なのにもう、おじさんが言った。

「もうじゅうぶんだろ！　頭を引っこめなさい」

サンルーフが閉まった。車のなかにわたしたちの笑い声があふれた。おじさんがラジオをつけ、わたしたちは最新のボリウッド映画の歌に合わせて歌った。

おじさんが車のスピードを落とし、とあるビルを指さして、あそこに用事があるからちょっと車を止めると言った。そして、「十分でもどってくるから、車のなかにいろよ」と言ってビルに向かった。

おじさんが車を離れると、サンジャイはアミットがいる前のシートに転げこんだ。ラジオはついていなかったけれど、わたしたちは歌い続けていた。サンジャイの声はすごく大きくて、わたしたちの声はかき消されるほどだった。

「おい、あそこでなにやってんだろう?」と、アミットが言った。

みんなで車の窓から、鉄のフェンスの向こうをのぞいた。西部線の線路が見える。線路の向こうには、大きな給水車が止まっていた。水不足がほんとに深刻で、水栓からなにも出なくなったときに、大人たちが相談して注文するような大きいやつ。

「給水車がどうしてここに? ここにはだれも住んでないのに」と、ファイザが言った。

アミットが運転席のドアをあけた。

「ちょっと見てくるよ」

「待って。おじさんが車のなかにいるように言ったじゃない」と、わたしは言った。

でも、アミットは気にしなかった。

「フェンスまで行ってくるだけだよ。あそこはかげになってるし、だれにも見られないって。だいじょうぶさ」

アミットがおじさんの言うとおりにしないなんて、信じられなかった。でもサンジャイは、アミットのことを向こう見ずなやつだって、いつも言っている。わたしが思いもよらなかったのは、サンジャイまで車をおりたことだった。

「サンジャイ、だめだよ」と、わたしは言ったけれど、サンジャイは聞こうとしなかった。

「ちょっとだけだよ」

わたしが動揺しているのを見て、ファイザがアミットの言葉をくり返した。

「だいじょうぶよ。心配いらないわ」

でも、わたしは心配でならなかった。頭のなかで、「災いは……」という父さんの声がする。これはまずい気がする。

アミットとサンジャイはしばらくフェンスのそばで見ていたけれど、アミットがフェンスをよじのぼりはじめた。サンジャイが続く。どうしてそんなことを！　サンジャイったら、父さんが教えてくれたこと、全部忘れちゃったの？　わたしは、車に閉じこめられている気がしてきて、新鮮な空気を吸いたくなった。そこでドアをあけ、外に出た。気をつけて！　と、ふたりにさけびたかった。でも、それはやめておいた。ふたりに注目を集めないほうがいいと、なにかがわたしに教えていた。アミットとサンジャイはフェンスを越えると、かがんだまま線路をわたり、低木のかげにかくれた。

ファイザがわたしのとなりに立った。

「線路をわたるなんて！」ファイザの声も、不安げだった。

「おじさんが帰ってきたときにちょうど列車が来て、兄さんたちがこっちにもどってこられなくなったらどうしよう？」わたしはファイザにささやいた。

そのころにはわたしの目も暗闇に慣れてきて、給水車からのびたホースが、線路脇を走るパイプラインから水を吸いあげていることに気づいた。

ファイザが小さな声で言った。

「ミンニ、あの人たち、どうして水をくみあげてるのかしら？」

暑い三月の夜だったけれど、わたしは寒気がした。遠くで電車の警笛が鳴った。

そのとき、男がどなるのが聞こえた。

「しっかり見張ってろ、このバカ！　おまえらにむだ口たたかせるために金払ってるわけじゃねえぞ。さっさとしろ」

そのとき、サンジャイがくしゃみをした。と、男の声がひびいた。

「おい、そこにいるのはだれだ？　てめえ、だれだ？　新聞か？　警察か？　スパイか？」

怒った男は、サンジャイとアミットがかくれている低木の茂みのあたりを懐中電灯で照らしながら、どんどん近づいていく。

男がサンジャイをつかんだ。懐中電灯のまぶしい光に照らされて、男のほおに傷あとがあるのが見えた。男は痛みに悲鳴をあげ、サンジャイを放した。サンジャイとアミットが急いで走りだす。

「ラヴィ！」男は仲間のひとりにさけんだ。「あの小僧たちをつかまえろ！」

そのころには、電車の車輪の音が聞こえてきていた。列車はすごいスピードでせまってくる。まぶしいヘッドライトをつけて走ってくる列車は、まるでドラゴンのように見えた。あの電車のせいで、サンジャイとアミットはこっちにもどれなくなるの？

わたしは思わず目を閉じた。わたしは恐ろしいことなど見たくなかった。でも、目の前でそれが起こっている。

わたしは両手を固くにぎりしめて、神に祈った。

6

目をあけると、サンジャイとアミットがフェンスを飛びこえてくるところだった。

ふたりは電車に勝ったんだ！

ファイザとわたしは、サンジャイとアミットのために車のドアをあけ、みんなで折りかさなるようにして車に飛びこんだ。男子ふたりはハアハアと息を切らし、顔が汗で光っている。サンジャイは両手に引っかき傷ができていた。

そこに、ラムおじさんがもどってきた。電車がフェンスの向こうを走りぬけていく。

おじさんが車に乗ると同時に、男のどなり声が聞こえた。

「小僧たちをつかまえろ！　逃がすな！」

ラムおじさんは恐怖で引きつったわたしたちの顔を見、男のどなり声を聞くと、車を急発進させ、その場から走り去った。しばらくたって、わたしは息を吐いた。

家の近くまで来ると、おじさんは車を路肩に寄せた。

「アミット、なにがあった？」

「なんにも」と、アミット。

「じゃあ、なんでふたりとも、幽霊でも見たような顔をしてるんだ？」

だれも返事をしない。

「なんで、あの男はどなりちらしておどしてきたんだ？」おじさんが声を荒らげた。その声が車のなかでひびく。

わたしは口を開いた。

「ラムおじさん、サンジャイたちは、給水車がなにをしているか、見に行ったの」

「なんでだ？」おじさんは、両手を車のハンドルにバンとたたきつけた。「おまえたちに関係ないだろ？　おまえたちは警察か？」

「ちがう」アミットとサンジャイが言った。

「おれたち、知らなかったんだ。ただ、気になっただけで」と、サンジャイ。

ラムおじさんが笑った。ぞっとするような笑い声だ。

「気になったって？　おまえたちは十五歳だ――なんにでも首をつっこんでいいわけじゃないってこと

くらい、わかるだろ？　母さんが晩飯になにを作ってくれるか、学校が終わってから友だちがなにをしてるか。おまえたちが気にしていいのは、そんなことだ。夜に給水車がなにをしてようが関係ない。おとなしく自分のやるべきことだけやっているのがいちばんってときがあるのを覚えとけ」

ラムおじさんが言ってることは、父さんが言うこととそっくりだった。

「だれかに見られたか？」と、おじさんが聞いた。

「近所のおじさんがひとりいたよ」と、アミットが言った。

「名前はラヴィで、役場で働いている。でも、あの人はいい人だよ。電車が来る直前に、急いで逃げろっておれたちに言ってくれたんだ」サンジャイが言った。

ラムおじさんは頭をふり、車を発進させ――わたしたちは家に向かった。サンルーフやステレオ、シートの背についたテレビなど、もうだれも気にしていなかった。ああ、言われたとおりちゃんと車のなかにいればよかった。

「ボスがおまえたちのことを忘れてくれることを祈ろう。ラヴィがいてくれて、ほんとにラッキーだったぞ。おまえたち全員、このことについてはいっさいだれにも言うなよ。いいな⁉」

わたしたちは車から、転がるように外に出た。ファイザとわたしは、たがいにきつくハグしあった。そして、ファイザはサンジャイの肩に片手を置くとこう言った。

「だいじょうぶよ」

でも、ほんとに？

サンジャイとわたしは、迷路のような細い道を家に向かって黙って歩いた。ほんの一時間前まで、自分たちは運がいいとあんなに思っていたのに――もはやそうではなかった。

家の外で、わたしはしめらせたハンカチでサンジャイの顔についたどろをぬぐってあげた。家のなかにそっと入ると、ラッキーなことに父さんも母さんもカーテンの向こうでぐっすり眠っていた。

わたしたちははしごで屋根裏にあがり、できるだけ静かに寝床にしている敷物を広げた。うちはすごくせまいので、なにも秘密にできない。そのことに気づいたのは、まだ小さかったころ。前の夜のサンジャイとのヒソヒソ話を、どうやら母さんが全部知っているらしいと気づいたときだった。ファイザがわたしに板チョコを一枚丸ごとくれたのに、サンジャイには溶けかかった小さなかけらしかわけてあげなかったことを、母さんが知っていたのだ。母さんにオクラを食べさせられてわたしが怒っていたことも、知っていた。わたしは、母さんは片耳をそばだてたまま寝ているんじゃないかと思うこともある。父さんのいびき越しに聞こえるなんて、ほんとびっくり。

わたしたちは小さかったけれど、ノートを使ってないしょ話をする方法を見つけた。今夜もわたしはノートを取りだした。

どうなると思う?

わからない☹ごめんな、ミンニ。

あの人たち、あそこでなにやってたんだと思う?

水を盗(ぬす)んでるように見えたよ。

そう書くと、サンジャイはわたしにノートを押(お)し返した。そして、体を丸めて目をつぶった。

わたしはガネーシャ神に、どうかわたしたちをお守りくださいと祈(いの)った。でも、同時に、感謝しなくてはいけないことも思いだした。電車が来た瞬間(しゅんかん)、わたしはあの怒(おこ)った男のせいで、サンジャイがすごくひどい目にあうんじゃないかと思った。列車にひかれてしまうんじゃないかって。

わたしたちは、災(わざわ)いに近づきすぎた。あまりにも近づきすぎたのだ。そう考えると、居ても立ってもいられなかった。だからわたしは、兄が今この屋根の下、わたしのとなりで息をしていることを、もう一度神に感謝した。

7

翌朝、目が覚めたサンジャイとわたしは、きのうの夜の出来事をなかったことにしようとした。一年もすれば、わたしたちの冒険はただの笑い話になるだろう。でも今日はまだ、くんできた水で満タンのバケツと同じくらい、重い記憶でしかなかった。きのうのことを思いだしては、落ちこむ。不安げな顔で家のことをしているわたしを見て、サンジャイがささやいた。

「ミンニ、母さんにあやしまれるぞ。そんな顔はやめろ」

でも、わたしはファイザのように演技がうまくない。母さんに髪を編んでもらいながらロティ（全粒粉を発酵させずに焼いたパン）にギー（バターを溶かして脂肪分だけにしたもの）とジャムをつけて食べていると、母さんが言った。

「今日はやけにおとなしいわね。ファイザや先生や、シャンティなんかの話はしないの？」

わたしが首をふると、母さんは熱がないか、わたしの額にさわってたしかめた。

母さんが背中を向けたすきに、サンジャイがこっちをにらんできた。笑え、と声に出さずに身ぶりで示す。わたしは笑おうとやってみた。

いつもの角で、ファイザが待っていた。学校に向かいながらも、ふたりとも緊張がほぐれない。とちゅう、木の下に作られた仮設の祭壇におまいりしようと立ち止まった。ガネーシャ神の石像が木の根元に安置してあり、そのゾウの首にはマリーゴールドの花輪がかけられている。像の上に鐘がつるしてあり、わたしは念のためにそのひもを二回引っぱった。

「なにをお祈りしたの？」と、ファイザが聞いた。

「あの男の人がサンジャイとアミットのことを忘れてくれますようにって。あの少年たちは、なんてことはない、いてはいけないところをぶらぶらしていただけのバカなやつらだと考えてくれますようにって」

「あたしもよ！　あたしもずっとそれを祈っているの」と、ファイザが言った。

学校では、わたしが願えば願うほど逆に、あの男のどなり声が頭から消えず、耳のなかでひびいていた。担任のシャー先生は毎朝、計算問題から授業を始める。わたしはロボットのように問題をノートに書き写した。ふだんなら、算数は好きなのだけれど、今日は足し算もまともにできなかった。

となりの机のファイザもまた、計算に手こずっているようだった。ページの大半を消しゴムで消してしまい、ノートに灰色の雲のような跡がいくつも残っていた。そして、イライラするあまりますます力を入れて消し、とうとうノートを破ってしまった。

学校からの帰り道、ラムおじさんのメルセデスが大通りに止まっているのが見えた。うちの家に続く路地に近いところだ。

「おじさん、どうしてここに来たんだろう？　父さんたちに言いつけに来たのかな？」わたしは、ファイザに聞いた。

そして、歩くスピードをはやめた。走っているといってもいいくらいで、ファイザも同じだった。ドアをあけると、そこには母さん、父さん、サンジャイ、アミット、そしてラムおじさんがいた。うちには、これ以上入りきれないくらい。母さんの顔には涙の跡。こんなに怒った父さんを見るのは初めてだ――こめかみの血管がピクピクと脈打っている。サンジャイとアミットは自分たちの足もとを見ている。ラムおじさんは、記事が見えるようにたたんだ新聞を持っていた。しゃべりながら新聞をかかげているので、わたしは見出しを読むことができた――〈水マフィアに支配されるムンバイ〉。水マフィアなんて、聞いたことがなかった。

「帰ってきたわ。兄さんの秘密仲間が」母さんはそう言うと、ぐっと歯をかみしめた。

そして、わたしの後ろにいるファイザを見て言った。

「ファイザ、今日はもう帰って」そして、ドアを閉めた。

うちは日中、表のドアを完全に閉めたことはない。ドアを閉めたことで、家のなかは耐えられないほど暑くなった。

今わたしたちは、恐怖も怒りも失望も、家のなかに閉じこめているようだった。

おじさんが言った。

「しばらく、このぼうずたちを遠くにやるよりほかはない――事態がおさまるまでは」

沈黙。

「こいつら――」そう言いながら、おじさんは新聞を指さした。「水マフィアは危険だ」

「遠くって、どこへ？」と、わたしが聞いた。

「おじさんの兄さんがニューデリーの近くにいるんだ。一家で農場をやっている」と、父さんが言った。

アミットが言った。

「でも、おれたち、なにもしてないのに」

「じゅうぶんすぎるほどのことをしただろ」おじさんは怒ってそう言うと、口答えしたアミットをぶつかのように片手をあげた。

父さんがなだめるように、おじさんの肩に手を置いた。

「きのうラヴィといっしょにいたあの男が、おまえたちを探してるといううわさを、おれの友人たちが聞いてきたんだ」と、おじさんが言った。「やつは、おまえたちを新聞社のスパイか、ライバルギャングの一員だと思っているらしい」

父さんとサンジャイとアミットは、おびえた顔をした。

わたしはぼうぜんとしていた。だれも、なんと言っていいのかわからない。

「あいつらは危険なんだ」おじさんがくり返した。「盗んだ水を売って、ばくだいな利益を得ている」

わたしたちだれもが勇気がなくて聞けなかったことを、母さんが聞いた。

「その人たちがサンジャイやアミットをつかまえに来たら、どうなるの？」

「ろくなことにはならない」父さんとおじさんが口をそろえて言った。

「警察に行ったらどう？」と、わたしが言った。

大人たちがわたしのことを、頭でもおかしくなったのかという目で見た。おじさんは母さんに向きなおった。

「この子がめんどうに巻きこまれないうちに、ちゃんと教えたほうがいい」

「いったいだれが、おれたちの話を聞いてくれるって言うんだ？」と、父さんが言った。「おれたちは、教育もまともに受けてないスラムの住人だと思われている。英語もしゃべれない。それに、水マフィアは警察にわいろをわたしているって話だ」

わたしは、サンジャイに体を寄せた。体を寄せればなにかが変わるみたいに。

サンジャイは、自分のつま先を見ながらつぶやいた。

「家族を危険な目にあわせたくない。おれ、行くよ」

アミットも同意するようにうなずいた。今にも泣きそうな顔をしている。大胆で威勢のいいアミットはどこへ行ってしまったの？

これで決まった。アミットとサンジャイは、デリーに向けて今夜電車で出発する。そこからバスに乗る。おじさんのお兄さんが待っていて農場へ連れて行ってくれる。そこでふたりは働くのだ。

あまり時間がなかった。二時間もすれば、ふたりを駅まで送るためにおじさんがもどってくる。

これが現実だとは、だれも思えなかった。

父さんはスーツケースをひとつ持っていたので、わたしはそれにサンジャイの服をつめるのを手伝った。

母さんは棚にしまってあった貯金箱の中身を全部出した。お金を数える。片道切符と、二回分くらいの食事代にはなるだろう。

夕ご飯はもうできあがっていた。でも、だれも食べる気になれなかった。

それでも母さんは、サンジャイにロティとジャガイモを食べさせようとした。サンジャイが食べたくないと言うと、こう言った。

「食べて、サンジャイ。次はいつおまえに作ってやれるかわからないからね」

「おれ、行きたくないよ。母さんの田舎に行く以外、ムンバイを離れたことがないんだ」サンジャイの声がふるえている。

「よけいなことに鼻をつっこむ前に、そのことに気づくべきだったわね」と、母さんが言った。

母さんは、怒ったりどうしようもない状況になったりすると、厳しい言い方になる。感情を爆発させたあとなので、だれも言い返さない。わたしが考えているのはただひとつ。次に兄さんに会えるのはいつだろう、ということだけだった。

おじさんがもどってきた。

「別れのあいさつはさっさと済ませてくれ。駅に行かなきゃならないが、道が混んでる。今夜、ご主人を空港に迎えに行くのに、おくれるわけにはいかないんだ」

わたしたちは、それぞれサンジャイとハグをした。それから、母さんが自分の携帯電話をサンジャイのポケットに入れた。

「だめだよ、母さん。必要だろ？」と、サンジャイが言った。

母さんは、両手をサンジャイの肩に置いた。サンジャイは母さんより背が高い。

「わたしは、おまえの声を聞く必要があるの。なにより、おまえが無事だということを知る必要がある。おまえに電話するときは、電話を借りるからだいじょうぶ」

そして、サンジャイは行ってしまった。

わたしはその夜、家の外の段に座り、モティの背中をなでていた。

「モティ、もう兄さんが恋しい。わたし、兄さんがいない生活なんて、一日だってしたことないのよ」

モティはわかってくれた。そして、悲しそうな目でわたしを見あげた。

8

サンジャイのいない家は、空っぽのようだ。

わたしは、宿題をしようと思った。集中するのはむずかしかった。でも、集中しなくてはならない。四月には最終試験がある――あと一か月しかない。試験に受からなければ、次の学年に進めない。落第した生徒の話なら、聞きたくないくらいたくさんあった。落第したら学校をやめて、お金をかせいで家族を助けるために、どんな仕事でもしなくてはならない。結婚する女の子もいる。

わたしにとってそれは、よそのだれかの話では済ませられないことだった。実際に、近所の人や両親に起きたことなのだ。

父さんの父さんが腰を痛めたとき、父さんは六年生だった。家族を助けるために仕事につき、それ以来学校にもどるチャンスはなかった。母さんはいちばん下の妹が生まれたときに学校をやめた。母さんは長女で、その赤んぼうの世話をしなくてはならなかったのだ。

絶対、落第は、できない。
わたしは算数の教科書を開いた。

ムンバイを出発した電車が、時速一〇五キロで、一四二一キロ離れたデリーに向かって北に進んだ場合、デリーまで何時間何分かかりますか？

わたしの頭にうかぶのは、電車に乗っているサンジャイの姿ばかりだった。サンジャイは、これまでそんな長い距離を電車に乗ったことはない。五分ごとに止まるムンバイの地下鉄とはかなりちがうだろう。前にムンバイからおばあちゃんちに行ったときは、バスだった。そのときわたしたちがよくやった遊びは、すれちがう電車がどこ行きなのかを当てるというものだった。デリー、シムラー、ベンガルール、コルカタ。わたしたちが行ったことのないあらゆる場所へ、電車が走っていくところを想像した。つまりはすべての場所ということだ。

最近でも、飛行機が頭上を飛んでいくと、サンジャイとわたしはそれに乗っているつもりになった。
ある日、サンジャイが言った。
「あの飛行機を見ろよ。飛行機のなかで昼ご飯と夕ご飯が出る。ベッドルームまであって、ひと晩眠ってたら、別の国に着いちゃうんだぜ」

その日はファイザもいっしょだった。ファイザもわたしも、その話を聞いて吹きだした。

「そんなことだれから聞いたの？　そんなのうそよ！」と、わたしは言った。

わたしは問題をもう一度読んだ。こらえた涙で文字がぼやける。時間を求める公式を使う必要があることはわかった。

時間＝距離÷速さ
数字を入れて計算しなくては。今日この問題を解いたのは、サンジャイとアミットがいつデリーに着くのか知りたかったからだ。

夜、敷物を一枚、横方向に広げた。これまでは縦方向に二枚並べて広げていたけれど。これからは、ここでひとりで寝る。ふたりで使う必要はない。わたしは壁に貼った写真を見つめた。古い雑誌から破りとったページだ。サンジャイのは、よだれが出そうな食べ物の写真ばかり。黄金色に光るサモサ（味付けしたジャガイモなどを小麦粉でできた生地で包んで揚げたもの）やチキンコルマ（チキンと野菜をヨーグルトや香辛料で煮こんだもの）。

わたしのは美しい風景の写真で、ほとんどが浜辺だ。わたしがサンジャイの手首に魔よけのブレスレットのラキを結んでいる写真もある。わたしはシャンティに教えてもらって、きれいな色のひもでブレスレットを作ったっけ。

寝ころんで、足をのばした。父さんは、まだもどってこない。家には今、母さんとわたしだけ。だから、父さんのリズミカルないびきが子守歌がわりになってくれるわけでもない。

まくらの下に入れたノートが、まるで石みたいにかたい。ノートはあるけれど、サンジャイとノートを使ったないしょ話も、けんかも、話し合いももうできないって、言われているみたいだった。

わたしは、サンジャイとあわただしくハグして、別れのあいさつをしたことを思いだしていた。

「たまには手紙をくれよな」と、サンジャイは言った。

ふだん強がってばかりいるけれど、サンジャイはまだ十五歳。世界は広く、わたしたちが思っていたよりずっと危険だった。

あのとき、サンジャイがわたしの言うことを聞いてくれてさえいれば。サンジャイへの怒りが、またわいてきた。サンジャイはアミットといると必ず、めんどうを起こす名人になる。二年ほど前の夏、ふたりは、屋根から屋根へジャンプしていくのがいちばんいい移動方法だと思いついた。道路は人でごった返しているけれど、家と家はとても近いからだ。

サンジャイはよくこう言っていた。

「ジャンプしてると、スーパーマンとハヌマーンを合体させた気分になれるんだ」

「でも、兄さんはスーパーマンではないし、空飛ぶ猿神でもないんだよ。生身の人間で、落ちればけがをするんだから」

サンジャイはラッキーだった。でも、アミットは落ちた。アミットは足首をねんざし、そえ木をして足を引きずって歩かなくてはならなかった。父さんが言った。

「おまえたちは、災いをただ呼んだだけじゃない。こっちに来てくださいとせがんだようなもんだ」

わたしは、あっちを向いたりこっちを向いたり、寝返りを打った。午前二時ごろ、父さんが店から帰ってきた。すぐに父さんのいびきが聞こえてきた。

それでもまだ、わたしの頭は回転するのをやめなかった。嵐の海のように、はげしくうず巻いていた。とうとう、わたしはまくらの下からノートを取りだした。二年前、わたしは学校で罰として「もう授業中におしゃべりはしません」と百回書かなくてはいけないことがあった。今夜、わたしは「どうか、どうか、サンジャイが無事でありますように」と書いた。

何度も何度も、何度も何度も、くり返し書いた。今夜のそれは罰ではなく、願い、そして祈りだった。

9

翌朝、ファイザはいつもの待ち合わせ場所ではなく、わたしの家までやってきた。

「サンジャイはどこ？　なにがあったの？」と、ファイザが聞いた。

落ちこんでいたわたしは、ファイザがなにも知らないことをすっかり忘れていた。

「父さんたちが、アミットとサンジャイはしばらくここから離れたほうがいいって決めたのよ」わたしは小声で言った。

「ここから離れる？　どういうことよ、ここから離れるって？」ファイザの声が大きくなった。

わたしは手をのばして、ファイザの片手をにぎりしめた。

「シーッ！　注意しなきゃだめなの。もしだれかに聞かれたら、サンジャイはおじいちゃんとおばあちゃんの手伝いで田舎に行ったって言うことになってる」

「そうなの？」と、ファイザが小声で言った。

わたしは、本当のことを話すか、まよった。サンジャイがわたしの兄さんなら、ファイザはわたしの姉妹も同じだ。母親がちがうとか、ちがう神さまを信じているとか、そんなことは関係ない。こんな事態、わたしはとてもひとりで切りぬけられない。わたしには、ファイザが必要だった。それに、ファイザなら秘密を守ってくれる。だから、わたしは本当のことを話すことにした。

ラムおじさんが置いていった新聞をファイザに見せると、ファイザの目が真ん丸になった。そして、わたしが水マフィアの記事を読んだときと同じくらい動揺した。水マフィアは真夜中に、井戸や水パイプライン、給水車から水を盗む。彼らは当局にわいろをわたしているので、当局は彼らの悪事を見のがす。水マフィアはほかの人を悲惨な状況において、自分たちはばく大な利益をあげているのだ。人は水なしでは生きていけない。マフィアはどうしてそんなに欲深くなれるのだろうか？

ファイザはいつもならおしゃべりなのだけれど、今はこうつぶやくのがやっとだった。

「あたし、こわいわ、ミンニ」

わたしは、ファイザの手を取った。自分がどんなにこわがっているか、とても声に出して言えなかった。わたしは、兄さんはかしこいと、自分に言い聞かせるしかなかった。

「わたしたち、サンジャイを信じるしかないのよ。きっと向こうなら安全だわ」

学校に向かうとちゅう、街頭の柱に一枚のポスターが貼ってあるのが目に入った。

水は命。水を盗むのは犯罪です。

わたしはその文字と、ふたつの手が地球を下から支えているイラストをちらちらと見た。その地球の半分は豊かな緑におおわれている。残り半分はからからに干からびて死にかかっている。ポスターは、角がめくれていた。このポスターに、どうしてこれまで気づかなかったのだろう？　ほかにもわたしが気づいていないものがあるのだろうか？

ファイザはわたしの心を読んだようだった。

「あたしも、今初めて気づいたよ」そう言って、頭をふった。

わたしは、これまでに痛い目にあうことで学んできたあれやこれやを思い返した。まだ小さかったころ、やけどをするからコンロにさわるなと母さんに言われたこと。指を刺して初めて、バラにとげがあると知ったこと。悪いことが起きるから、人ごみでふらふらしていてはいけないと、父さんに言われたこと。

これが大人になるということなの？　世の中は危険なことだらけだと知ることが？　だれもがルールを守っているわけではないと学ぶことが？　他人を傷つけてもおかまいなしの人がいると、自分さえよければよくて、お金をもうけることだけを考えている人がいると気づくことが？

学校に着くと、急いでなかに入り、ベルが鳴ると同時に席に着いた。

シャー先生が紙をとじたものを配った。

「これは、最終試験に向けてあなたたちの勉強の役に立つものです。試験までもう一か月もありませんからね」

先生にそう言われて、みんなうめき声をあげた。

「はいはい。先生は、みんなの力になろうとしているだけですよ。しっかり勉強して、この問題すべてに答えることができたら、試験に合格するはずだし、八年生になれますよ」

わたしと目が合った先生は、ほほ笑んでこう言った。

「あなたたちのなかには、大学に進学する人もいると期待していますよ」

わたしは、ほおが熱くなった。シャー先生がわたしを信じてくれているのがうれしい――それに、わたしはずっと大学に進みたいと思っていた。でもまずは、この試練の時をなんとかクリアしなくてはならない。

わたしは、教室の窓から外を見た。勉強するどころか、こんなに気が散るなんてまずい。頭にうかぶのは、サンジャイは農場でどうしているだろう、ということだけ。サンジャイとアミットのほかにも、だれか働いているの？　どんなところで生活しているの？　ちゃんと寝ている？　ご飯は食べている？

ああ、サンジャイと話せたらいいのに。でも、サンジャイはあまりにも遠くにいる。

その夜、わたしは日記のかわりにサンジャイに手紙を書いた。あのポスターについては触れなかった。

そのかわり、学校やファイザ、そして、サンジャイの友だちのことを書いた。さらに、詩も書いた。サンジャイに女流詩人と呼ばれると、わたしはいつも笑ってしまうのだけれど。

わたしは、災いにあいさつしたわけでも、
笑いかけたわけでも、
家にまねいたわけでもなかった。
それが災いだと気づきさえしてなかった。
赤ずきんちゃんがおばあさんを、
オオカミだと思わなかったみたいに。

10

サンジャイが行ってしまってから一週間がたち、わたしたちは次第に、新しい日常に慣れてきた。サンジャイが恋しかった。でも、少なくとも兄さんが無事だということはわかっていた。きのうの夜、ようやくサンジャイが農場から電話をかけてきたのだ。声が聞けてよかった。農場はどの町からも遠く離れているので、雑音はひどかったけれど。

母さんとわたしは、サンジャイの声を聞いてほっとしたあまり、泣きだしてしまった――父さんでさえ、まばたきをして涙をこらえていたほどだった。

「ミンニ、田舎は最高だよ。空気が全然ちがう。ここでは、市場で売る野菜を育ててるんだ」

「空気？　どんなふうにちがうの？」

「新鮮、かな？――雨のあとの土のにおいみたいな。木になってるリンゴみたいな」

「あら、詩人はどっち？　もっと聞かせて」

「そうだな。オクラみたいなにおいだな。おまえが好きな野菜だろ？　ミンニ」

「母さんがきのう、オクラを料理してくれたよ。兄さんのとはちがったけど」

わたしは、サンジャイが料理してくれるまで、オクラなんて好きじゃなかった。サンジャイはオクラを薄くスライスして、魔法でもかけたみたいに、パリパリでしょっぱくてあまい料理に仕上げたのだ。オクラを食べているなんて忘れてしまうくらいにおいしかった。次にサンジャイの料理を食べられるのは、いつになるだろう？

サンジャイは話し続けた。近くには川があって――うちの近くを流れるあの汚いミティ川とはまったくちがうよ――いっしょに働いている人たちと泳ぎに行くんだ。

わたしは、二日ほど前にミティ川の近くでごみを拾っている人たちを見たことを話した。

「次はわたしも参加する。ミティ川でも泳げたらいいよね！」

「そりゃ、かなり想像力が必要だな。でも、おまえも手伝うっていうなら、できるかもな」

電話を切ると、わたしはますますサンジャイが恋しくなった。

わたしは手紙を書くと約束し、サンジャイは一週間以内にまた電話をすると約束してくれた。ふたりとも、無理して強くあろうとしていた。でも、どんな約束にも、不安と会いたい気持ちがびっしょりしみこんでいるように思えた。

とにかく、わたしはサンジャイがいない生活に慣れなくてはならなかった。マンガをいっしょに読んだりバカげたことを書いたりというような楽しいことだけでなく、家の仕事に関しても、だ。サンジャイがいたときは、毎朝うちの大きなタンクに水をバケツで運ぶのを助けてくれたし、洗濯の日にはその分の水を運ぶのも手伝ってくれた。サンジャイは母さんやわたしより力が強かった。サンジャイがいない今、わたしたちは水を運ぶのに苦労して、貴重な水を自分たちにはねちらかしていた。

その日の夕方、食料品を少し買い足そうと近所の店に行ったわたしは、そこでラヴィさんを見かけた。目が合って、わたしたちはたがいにはっとし、すぐ目をそらした。

あいさつするべきだった？

店のおじさんに聞かれた。

「ミンニ。最近、サンジャイを見かけないねえ。どこにいるんだい？」

少し前なら、こんななんでもない問いかけには、正直に答えていただろう。「仕事よ」とか「クリケットしてる」とか。

でも今は、なんて答えていいのかわからない。それにラヴィさんがすぐそこに立っている。ラヴィさんがサンジャイとアミットを助けてくれたことはわかっているけれど。そう、わたしたちの味方だとは思うけれど。

ようやく、こうつぶやいた。

「しばらく、おばあちゃんの手伝いに行ってるの」

視界のすみで、ラヴィさんがかすかにうなずいてから、歩いていくのが見えた。

モティが家まで、わたしのあとをついてきた。モティもサンジャイが恋しいにちがいない。クンクンとあたりのにおいをかいでまわると、家のなかに頭をつっこみ、まるでサンジャイを呼ぶようにほえた。

モティは落ち着きなくせかせかと歩きまわると、クーンと鳴いてわたしの目をのぞきこんだ。

「わかるよ。わたしもサンジャイに会いたい」

モティはため息をつき、わたしたちはいっしょに家の外の段に座った。モティは頭をわたしの足の上にのせた。わたしはモティをなでることで、自分をなぐさめた。

この新しい日常が正解だとは、とても思えそうになかった。

11

次の日、わたしが学校から帰ると、仕事に行っているはずの母さんが家にいてびっくりした。さらにおかしなことに、母さんは眠っていた。母さんが日中に寝ていたことなんて一度もなかったのに。

わたしはバナナをつかむと、そっと屋根裏にあがり、宿題を取りだした。でも、やっぱり母さんは目を覚ました。そしてわたしは、母さんがほんとに病気だと知ることになる。なぜなら母さんはこう言ったからだ。

「ミンニ、診療所までついてきてくれない？」

わたしは急いで下におりた。

「もちろんよ！　どうしたの？」

「またウイルスだと思うの」

去年母さんが病気になったとき、お医者さんは水のせいだと言った。だから今、わたしたちは細菌を殺すため、水は必ず一度沸騰させ、こしてから使っている。それに、ほかの家族はだれも病気になっていない。だから、もっと深刻ななにかではないかと心配だった。

診療所まで歩く間、母さんはわたしの腕に寄りかかっていた。太陽がじりじりと照りつける。よろよろと進む母さんの額に、汗がうかぶ。

診療所には、長い列ができていた。母さんがかなり弱って疲れていたので、わたしたちは床に座って待つことにした。

ようやく、診察の番が来た。新しく来た女の先生で、やさしそうに見えた。先生は母さんを診察すると、母さんの予想はたぶん正しいと言った——つまり、汚染された食べ物か水を口にして、なんらかのウイルスに感染したのだろうと。

でも、母さんのカルテを読んだ先生が顔をくもらせたことに、わたしは気づいた。

「あなた、この二年で三回もウイルス性胃腸炎になっているのね。ちょっと血液検査をします。結果が出るまで、一、二週間、安静にしていて。むずかしいことだとはわかっているけれど、そうしているしかないわ」

先生は、母さんに胃薬を処方し、検査の結果が出たら連絡すると言った。

家に帰る道すがら、母さんに言った。

「母さん。母さんは休む必要があるし、ちゃんと休んでもらうからね。わたし、明日は家にいるよ」

「だめよ！」母さんは、はっきり言った。「朝は手伝って。でも、学校は休んじゃだめ。自分でどうにかできるから」

その日の夕方、わたしは母さんのそばを離れなかった。

ファイザが寄ってくれたとき、母さんは眠っていた。だから、わたしたちは、家の外の段に座って、声を落として話した。

「ファイザ、なにがどうなっているのかしら？　どうしてこんなに悪いことばっかり、うちの家族に起こるの？」

「わからない。でも、あたしはあなたたち家族のために祈ってる。アッラーのご加護がありますようにって」

「明日、母さんをひとりにするのが心配なの。でも、母さんについていてたら、学校を休むことになるし」

「だったら、あたしが世界でいちばんすばらしいノートを取ってくるよ、ミンニ」

それを聞いて、わたしは「ほんとに？」という表情をしてクスクス笑った。ファイザはわたしの腕をぶつまねをした。

「ちゃんと取ってくるよ。ミンニのために」

ファイザはすぐに気が散って、歌やダンスのステップのことばかり考えてしまうって、わたしたちは知っていた。でもわたしは、ファイザがまた、女の子にとって最高の友だちであること、そして、きっと精いっぱいやってくれることもわかっていた。

「ファイザ、あなたならきっと最高のノートを取ってくれるわ。わたしのために、そして、あ、あなたのためにもね」わたしがそう言うと、ファイザはわたしの手をぎゅっとにぎった。

「少なくとも、サンジャイは幸せだわ」わたしはそう言って、ため息をついた。「サンジャイは田舎のくらしと農場の仕事がほんとに気に入ってるの。お世話になってるおうちが、ありとあらゆる野菜を育ててるって、サンジャイが言ってたよ」

「たとえばなに？」

「トマトでしょ、カリフラワーでしょ。にんじん、ほうれん草、そしてオクラ」

「あなたは野菜を作ってる農場って見たことある？」

わたしは首を横にふった。

「シャンティが空き缶でトマトを育ててるのを見たことがあるだけ。農場ってすてきにちがいないわ。サンジャイが言ってたんだけど、空気が新鮮で、とても広くて、人も車も全然見ないんですって。サンジャイがそこを気に入ってくれて、うれしい。サンジャイがいなくてさみしいけど」

わたしはもう一度ため息をついた。ファイザがわたしのおさげを引っぱった。

「なによ、サンジャイのまね？」わたしは聞いた。ファイザはにやっと笑って、もう一度引っぱった。

母さんが家のなかで動いている音が聞こえて、ファイザが言った。

「ねえ、あなたのお母さんが好きそうな歌を覚えたよ。古い映画の歌なの」

わたしたちは家のなかにもどり、ファイザは春の歌を歌いだした。母さんがそれに合わせて鼻歌を歌いはじめ、そのやさしい歌声にわたしの胸は希望であふれた。

ファイザが帰る時間になったので、わたしはファイザを強く抱きしめ、母さんを笑顔にしてくれてありがとうとお礼を言った。

わたしの気分は少し明るくなったが、それも、母さんに薬を飲ませて額にさわるまでだった。

母さんはひどい熱を出していた。熱なんて、一度も出したことなかったのに。

12

朝起きて、母さんにチャイを作った。母さんはショウガが好きだし、ショウガは母さんの胃にもやさしい。だからすりおろして入れた。父さんはいつもどおり朝早く出かけていった。つまり、母さんがだいじょうぶかどうか、確認するのはわたしの役目だ。母さんの額は冷たく、「気分はいいわ」と言っていた。

わたしがかばんに教科書を入れていると、母さんが立ちあがった。よろよろして、壁につかまろうと手をのばしている。支えがなければ、たおれてしまいそうだ。

「母さん。今日はわたしの言うことを聞いて。わたしが母さんのめんどうをみる番よ」母さんともめるかなと思っていたけれど、母さんは言い返してくるかわりに、寝床にしている敷物の上に横になった。

わたしが待ち合わせ場所に来ないということは、母さんの世話をしているのだと、ファイザが考えてくれるといいな。

「ミンニ。水がまだ出るか見てきて。かなりおくれてしまったわ。水が止まってなければいいけれど」

わたしは両手にバケツを持って共同水道まで行き、蛇口をひねって、ほっとため息をもらした。水があった！　ちょろちょろとしか出てこなくて、バケツを満たすには時間がかかったけれど、それでもなんとか水を手に入れた。

次は、この水をわかさなくてはならない。なべを火にかけながら、わたしは歴史の教科書を取りだした。待っている間に勉強すればいい。わたしは、あけっぱなしのドアの近くに座った。ここがいちばん空気が通る。でも、わたしは勉強するかわりに、窓と水道がある家に住む想像ばかりしていた——これって、欲張りすぎる願いなのかな？

なべの様子を見ていたけれど、水面はまったく動かない。炎は青く、おどるように燃えているのに。水をわかすのに、いつもこんなに時間がかかるの？　毎朝母さんが水をわかしてくれていたので、わたしにはわからなかった。

ようやく、なべのなかに小さな泡がぽつぽつと立ちはじめた。わたしはぱっと立ちあがると、まるでゴールラインに近づいたランナーを応援するみたいに声をかけた。

「がんばれ、お水さん！」

沸騰させた水をこしながら、去年母さんが病気になったときに、診療所の別の先生がわたしたちに教えてくれたことを考えていた。先生は、水はこんなふうにきれいにする必要があると言っていた――それも毎日。目に見えなくても、水のなかにはわたしたちを病気にする菌がひそんでいるからだって。でも、きちんとやろうと思うとすごく時間がかかる。だから、手ぬきをした日があってもおかしくはない。

それから、わたしは無理やり勉強にもどった。お給料のいい仕事につきたければ、試験に落第するわけにはいかない。

二時間くらいして母さんが目を覚ました。母さんは体を起こすと、気分がよくなったと言った。

「ミンニ、ロティの作り方を教えるわ」

「母さん、わたし、今勉強してるの。それに、もう教えてもらったわ」

「そうね、でも、作り方の秘密を全部教えたわけじゃないわ。それに、ロティは完ぺきに円くないと」

わたしが初めて作ったロティは、円形とはとても言えないものばかりだった。

「秘密は、生地にあるの。そして、生地をのばすときには台にくっつかないようにしないと。さあ、やるわよ。いっしょに焼いてみましょう」

母さんがロティを作るとき、小麦粉の量はいつも手でつかんで量る。でも今日は、きちんとカップで分量を量って見せてくれた。それから、浅い皿に小麦粉を入れ、真ん中にくぼみを作るやり方を教えてくれた。そのくぼみの真ん中に塩をひとつまみ入れる。それから、母さんは水を少しずつ加え、生地をまとめていった。オイルをたらし、生地をさらにこねる。

なにか原因があるのだろうけれど、わたしがまとめた生地は、母さんがまとめた生地のようになめらかでもなければ、こねやすくもならなかった。

「ミンニ、これは大切なことなの」母さんがせっぱつまった声で言った。

「これがどうしてそんなに大切なの？」わたしはたずねた。

「父さんが帰ってきたら話すわ」

やがて父さんが帰ってくると、母さんは「話がある」と切りだした。

「わたし、明日ここを出て、田舎に行こうと思うの。母さんといちばん下の妹がわたしのめんどうをみてくれるわ」

父さんとわたしはふたりともなにか言おうと口を開きかけたけれど、母さんは手のひらをこちらに向けてそれを止めた。

「最後まで話を聞いて」と、母さんは言った。「今日一日、ここで寝ていて思ったの。しょっちゅう病気でたおれないようにするためにも、わたしはしっかり休む必要がある。それにミンニ、あなたは学校に行かなくては。家でわたしのめんどうをみるんじゃなくて。あなたは試験に合格しなくちゃ。それに、田舎にいたほうが早くよくなると思うわ。空気がきれいだし、妹は喜んでわたしの好きなものを作ってくれるだろうし」

　わたしは、父さんのほうを見た。父さんが反対することを期待していた。でも、父さんはうなだれたままこう言った。

「ミンニ、母さんの言うとおりだ」

「いちばん大切なことを話すわ。わたし、アニータ奥さまに、わたしのかわりにミンニを働かせてほしいってたのむつもりなの。ミンニは学校が終わったら、家に帰るのではなく、まっすぐ奥さまのところへ行って」

　わたしはびっくりして声も出なかった。

　母さんが笑った。

「まあ、ミンニ、お口はどこへ行ったのかな？」

「わたし、お金持ちの奥さまのところで働いたことなんてないのに。なにをどうしていいかわからないよ」と、わたしは言った。

「あなたはかしこい子だから。あなたが知ってなきゃならないことは、全部母さんが教えるわ。ロティの作り方はもう教えたでしょ？」

　あの料理の練習は、このためだったんだ……。

「一か月でもどるから休ませてくれと、言えないのかい？」と、父さんがたずねた。

「言えないわ。そんなこと、言えない」母さんは、はっきりと言った。

「どうして言えないの？」わたしは、食いさがった。

「それは、奥さまがほかの人を雇ってしまうかもしれないからよ。そんなことになったら、わたしは帰ってきても働く場所がないわ」

わたしたちは、全員黙りこんだ。確かにそうだった。

部屋の空気が急に悪くなった気がする。息苦しい。

やっぱり、わたしの将来はわたしの手のなかにはない。

わたしの将来は、またもアニータ奥さまの手のなかにあるらしい。

わたしがこれまで触れるどころか、見たこともないその手のなかに。

13

「いい？　毎日、あそこのドアベルを鳴らしたら、あなたはあなたでなくなる。わたしたちの娘でサンジャイの妹であるミンニでは、なくなるの。言いたいことが山ほどある女の子じゃなくなるの」
と、母さんが言った。

この先どうなるのか、わたしにはわからなかった。母さんのかばんには荷物がつめられ、父さんはバスの片道切符を買った。母さんを乗せたバスは今日の午後おそくにここを出発し、夜じゅう走って夜明けに田舎に到着する。母さんは弱っていたけれど、もう熱はなかった。だから、旅はできる。

母さんは、わたしがいれたお茶をすすっていた。

「ミンニ。聞いてる？」と、母さんが言った。

わたしは半分聞きながら、自分のノートを読んでいた。

「ミンニ、これはあなたが試験に合格するのと同じくらい大切なことなのよ」

わたしは、さっと顔をあげた。どうしてそうなるわけ？　サンジャイが帰ってくるか、母さんがよくなりさえすれば、田舎なんか行かなくて済むんじゃないの？

「ミンニ」と、母さんが言った。「いったん、アニータ奥さまの家の敷居をまたいで家のなかに入ったら、あなたは使用人なのよ」

わたしは教科書を置いて、母さんを見た。

「わかったわ、母さん——仕事だものね。わたしは、あの人たちのために働くわ」

「そう、そのとおり。そして、ミンニ、これはものすごくものすごく大切なことなのだけど——あの家では、自分の意見を言ってはいけないということを覚えておいて。ただ、命じられたことに従うだけ。言われたようにやるのよ」

「玉ねぎを料理するときに皮をむくなと言われたらどうしたらいいの？」母さんを笑わせようと思って、わたしはそう言った。

母さんは無理に笑みをうかべて言った。

「そしたら、皮をむかないの。でも、あそこには、コックがいるから。わたしはふだん、ロティを作るように言われるだけよ。アニータ奥さまが、わたしのロティをたいそう気に入ってくださっているから」

「じゃあ、奥さまは味がわかるってことね。わたしも母さんのロティが大好きだわ」わたしは、母さんを笑わせ続けようとした。でも、母さんはいたってまじめな顔をしていた。

「ミンニ、口を開くのは質問されたときだけ。ああ、それと、質問はときに答えを求められていないこともあるわ。そんなときは答えないのよ」

わたしは、母さんの言っている意味がわからなかった。でも、母さんのアドバイスは心にしまった。

母さんは続けた。

「そして、もしだれかがあなたを侮辱しても、あなたにどなっても、口答えしないこと。わたしたちの仕事を失いたくなければね」

母さんはなにを言っているのだろう？　母さんは毎日そんなことを経験しているの？　母さんは侮辱され、ドアマットのようにあつかわれ、そのあとでわたしとサンジャイがけんかをしている家に帰ってきてたってこと？　わたしたち、どうして気づかなかったんだろう？　母さんがあんなにくたくただったのも無理はない。

「心配しないで。わたし、一生けんめい働いて、母さんの仕事をなくさないようにする。約束するよ」

その夜、父さんは早く帰ってきた。だれかに、店を任せてきたらしい。

近所の人がタクシードライバーだったので、その人にバス・ターミナルまで連れていってもらった。そこは人でごった返していてうるさく、揚げ物やディーゼル車の排ガスのにおいが立ちこめていた。みんな、あわただしくさよならを言っている——笑っている人もいれば、泣いている人もいた。歌を歌いながら〈結婚パーティー〉と書いたボードをかかげている集団もいた。

バスが何台も止まっていて、そこに母さんが乗るバスを見つけた。母さんはわたしをぎゅっと抱きしめた。わたしも母さんを抱きしめた。「お願い、行かないで」と言いたかったけれど、それはむだなことだとわかっていた。

「大人にならなくちゃ、ミンニ。ごめんね」

母さんはバスに乗り、席に着くと、あいている窓から手をのばして、父さんとわたしの手をにぎった。

「かけられるときに、妹の電話を借りて電話するからね」

父さんとわたしは、バスがスピードをあげて走り去るのを見ていた。あとに残ったのは、排気ガスのけむりだけ。

わたしは、遠ざかるバスに向かって、世界に向かってさけびたかった。

大人になるということが、母さんや兄さんがそばにいなくなるということなら、わたしはそんなものになりたくなかった。

でも、残念なことに、わたしに選択肢はなかった。

14

父さんとわたしは、黙（だま）ったまま家に帰った。わたしたちは、ふたりきりになったことがなかった。何年か前に母さんが一週間田舎（いなか）に帰ったことがあったけれど、そのときはサンジャイがいた。

小さなわが家ががらんとしてしまって、わたしは打ちのめされていた。

わたしは息苦しさを覚えて、窓（まど）から外を見つめた。母さんが植えたバジルがしなびていたので水をやった。サンジャイはたまに、はしごをのぼって屋根に座（すわ）っていた。どこまでも続く海と水平線のかなたをながめていると、王さまになったような気分がするとサンジャイは言っていた。サンジャイは、はしごをのぼることを冒険（ぼうけん）のように感じていたけれど、わたしは、ただこわかった。だから、わたしがサンジャイといっしょに屋根にのぼることは、めったになかった。

屋根にのぼるはしごはさびている。しかも、壁（かべ）に打ちつけてある部分がゆるんでいるので、足をかけるとはしごはぶるぶるとゆれた。それでも、サンジャイはのぼるのをやめなかった。ということは、わたしがのぼらない理由にもならないんじゃない？

　母さんは、わたしに大人にならなくちゃと言った。だからわたしは、もっと勇敢になろうと決めた。わたしはこの孤独を勇気に変えたかった。はしごをのぼり、わたしも王さまのような気分を味わってみたかった。

　はしごの一段目に足をかける。はしごがふるえる。わたしははしごの両サイドをにぎりしめた。歯を食いしばる。そして、次の段に足をかけた。それをくり返し、とうとう、わたしは屋根にのぼった。今度はふるえているのは、ひざのほうだった。下を見おろすとこわい。でも、ドクンドクンと心臓に流れこむ血液が、ついにやったんだと教えてくれている。目を見開き、遠くを見た。その景色はすばらしかった。王さまになった気がした。恐怖に勝ったのだから。

　わたしは、はしごをはうようにしておりた。


　わたしは、ひとりで強くどうどうと生きるのがどんな気持ちかわかる人を、ひとり思いだした——シャンティだ。何年も前にご主人と娘さんが事故でなくなり、シャンティは大きなショックを受けた。でも、そのあと、シャンティはコミュニティセンターの先生になるために、また学校に通いだした。今では、この地域の子どもたちは全員、自分の子どものようなものだと言っている。

シャンティは、ひとりでやってきたわたしを見ておどろいた。いつもファイザといっしょに来ていたからだ。細い道のつきあたりにある彼女(かのじょ)の家の小さな庭に、シャンティは座(すわ)っていた。シャンティは空き缶(かん)でトマトを育てていて、みずみずしい実がなっている。以前、わたしは、どうしてシャンティのトマトはこんなにおいしいの？　と聞いたことがある。シャンティは、トマトに歌を歌って聞かせているからだと教えてくれた。

　わたしを見たシャンティは、自分のとなりをポンポンとたたいてこう言った。

「ミンニ、ここに座(すわ)って。来てくれてうれしいわ」

　父さんと母さんは、水どろぼうを見たことはだれにも言わないようにと言った。だから、もちろん、わたしはだれにも言わなかった。でもわたしは、水マフィアの話がのった新聞をシャンティに見せた。

　シャンティはそれを読むと、わたしに返した。

「そうね、このどろぼうたちのことなら知ってるわ。彼(かれ)らは、なんとしても水を盗(ぬす)んでいく。とくにモンスーンの季節の前、湖の水位がさがったときに活発になる。今のようにね。ムンバイが七つの島からできてたという話を覚えてるかしら？　わたしたちの飲み水の水源(すいげん)が七つあるって知ってた？」

「いちばん大きな湖はビハール湖で、その北にあるのがトゥルシー湖よね。行ってみたいな」

「いつか行けるわよ」シャンティはそう言って、指を折って数えながら残り五つの湖とダムの名前をあげていき、わたしはその名前をくり返した。

「湖はこんなにある。なのに、わたしたちはきれいな水をじゅうぶんに手に入れることができないのね。海水を飲めないのが残念すぎる」と、わたしが言った。

「かしこい子ね――未来では飲めるようになるかもしれない。市が、海水から塩分を取りのぞく工場の計画を認可したって聞いたわ」

「そうなったらすごい進歩だよね。ねえシャンティ、どうやって海を埋め立ててここを作ったかっていうあなたの話を、わたし、あれから何度も考えたんだけど」

「どう考えたの？」

「ここはかつて湿地帯で、地面はわたしたちが思っているほど強くはなかったって言ったわよね？」

シャンティは、「それで？」と言わんばかりにまゆをあげた。

「わたしの家族も、わたしが思っていたほど強くなかったの。母さんは病気になって田舎のおばあちゃんちに行かなくちゃならなくなったし。サンジャイもここには……」これ以上、なんて言っていいのかわからなかった。

でも、くわしいことは話さなくても、シャンティはわたしが聞きたいことをちゃんとわかってくれた。

「ミンニ、確かにわたしは、地面はじめじめとぬかるんでいたと言ったわ。でも忘れないで。その地面は、わたしたちを何世紀にもわたって支えてきたの。最高に強いわけじゃないかもしれない。でも、あなたが思っているよりは強いのよ」

わたしは、そんなふうに考えたことはなかった。もしかしたら、わたしも、わたしが思っているより強いのかもしれない――はしごだってのぼれたんだもの。

それからシャンティは立ちあがると、くしを取ってきて、わたしの三つ編みをほどいた。母さんが病気になって、わたしは自分で髪(かみ)を編むようになったのだが、うまく編めていなかった。シャンティはなにも言わずに、母さんがやってくれたようにこんがらがった髪(かみ)をとかしてくれた。

くしで髪(かみ)がとかされていくにつれ、わたしはリラックスしていった。

シャンティはわたしの手を取っていった。

「あなたはひとりじゃないのよ、大好きなミンニ。そして、あなたはとても勇気があるわ」

シャンティはまるで祈(いの)りの言葉のように、何度もくり返し言ってくれた。

「あなたはひとりじゃない。あなたは勇気がある」

そしてじょじょに、わたしはシャンティの言うことを信じはじめた。

15

　母さんが田舎に行ってからそんなに日数がたったわけでもないのに、一か月分くらいの洗濯物の山ができた。わたしの学校の制服は上下ともに洗う必要があるし、父さんはきれいな服がほとんど残っていない。だから、土曜の朝、わたしは早起きして、母さんがなんとか時間を作りだしてやっていた、そしてわたしはそれを当たり前だと思っていたもうひとつの仕事に取りかかることにした。

　自分たちが体を洗う場所としても使っている、家の奥のせまいタイルばりのスペースに、さらに水のバケツを引きずっていくのは、決して楽な仕事ではなかった。母さんが、わたしたちの服や寝床にしている敷物を洗濯石に打ちつけてきれいにしていたのを思いだし、まねてみた。わたしはずぶぬれになったし、洗った服をかわかすためにロープに干すころには汗だくになっていた。

　父さんは帰ってくると、干した洗濯物が風にそよいでいるのを見て、わたしの頭をポンとたたき、にっこり笑った。

わたしが勉強を始め、父さんがひと休みしていると、父さんの電話が鳴った。父さんはひとことも話さずにわたしに電話をわたしした。

「おしゃべりミンニ。聞こえるかい？」サンジャイの声だ。

わたしが兄さんと話したいと思っているって、どうしてわかったんだろう？　わたしはサンジャイが恋しすぎて、寝るときサンジャイのTシャツを着ているほどだった。でも、このことは言わなかった。

そのかわりに、こう言った。

「聞こえるよ――もう、おしゃべりミンニって呼ばないでって言ったじゃない！」

サンジャイは笑った。あだ名でからかったり、それに文句を言ったりできるなんて、ほんとにすてき。

どう呼ばれるかが大問題に思えたころがなつかしい。

「わたし、ひとりで屋根にのぼったんだよ」と、自慢した。

サンジャイは興奮したように早口でしゃべった。

「うそだ！　おまえはあのギシギシいうはしごをいやがってたじゃないか。なんで急に、そんな大たんになったんだよ？」

「さあね」わたしは、サンジャイにとぼけてみせた。「そのうち、サンジャイやアミットみたいに、家から家へジャンプしてわたってみせるかもしれないよ」

「ミンニ。おれは『大たん』と言ったんだ。『バカ』とは言ってない。アミットがどうなったか覚えてるだろ?」

「冗談だってば」

でも、サンジャイは冗談のつもりはまったくなかった。

「いいか? 災いはあっという間に入りこんでくるのに、そこからぬけ出すには一生かかるんだからな」

「もう、サンジャイったら父さんみたい!」わたしはそう言って、こうつけたした。「できれば一生じゃなくて、数か月であってほしいわ」

「あまり期待しないほうがいい、ミンニ。おれはしばらくここにいることになると思うから」

「じゃあ、せめて兄さんがそこを気に入ってるといいな」

「気に入ってるよ。おまえのことさえ恋しくなければ、ここは完ぺきなんだけどな」

「で、アミットは? どうしてるの?」

「当然っちゃあ当然なんだけど、われらがアミットはシティボーイだということがわかったよ。農場ではやつのかけひきの才能を生かせることがあまりないんだよ。いっしょにラップをやってた仲間を恋しがってるよ」

「わたし、あの人たちのラップを聞くのをやめたところだよ。アミットがいないと話にならない。だれもアミットみたいに韻をふめないいんだもの」

「それはまちがいないな。アミットはここでもグループを作ろうとしてるよ。そいつらがアミットからビートのきざみ方を教えてもらってるのを聞いてるのは、おもしろいぜ。でも、とにかく、アミットはそっちにもどるのが待ちきれないみたいだ。たとえスターになっても、そこ以外に住む気はないって言ってるよ」

「アミットがスターになったときには、その言葉を思いだしてもらうわ」と、わたしは言った。

16

学校が終わると、わたしは急いでトイレに行って、制服のブラウスとスカートから母さんが作ったシンプルなワンピースに着がえた。

ふだん、ファイザとわたしは笑いながら学校から歩いて帰る。でも今日はそうするかわりに、バイバイとハグをした。わたしは、いつもやっていたことにさよならしたというより、子ども時代にさよならした気がした。

今日は母さんの仕事場までバスで行く。そこは、来月までわたしの仕事場となる。ファイザはひとりで家に帰るだろう。いや、もしかしたら、いっしょに帰る新しい友だちができるかもしれない。家で子どもの帰りを待つ健康なお母さんのいる友だちが。

わたしが暗い顔をしていることに気づいたファイザは、わたしをもう一度ぎゅっと抱(だ)きしめると、耳もとでささやいた。

「あなたならだいじょうぶ」

わたしは汗ばんだ手でバス代をぎゅっとにぎりしめ、バス停に向かって歩きだした。

バスは、ギィー、プシューッと音を立てて止まり、わたしはそれに乗りこんだ。そのとき、ファイザが「待って！　ちょっと待って！」とさけびながらバスに向かって全速力で走ってくるのが見えた。

バスの運転手は、やれやれと頭をふりながらも待ってくれた。

ファイザは運賃を払うと、バスに乗りこんできた。そして、わたしのとなりに座った。

「どうするつもり？　どうしてバスに乗ってるのよ？」

「ついてくわ。あなたがわたしに勉強を教えてくれなければ、わたしに宿題をさせようとしてくれなければ、あなたのノートを写させてくれなければ、わたしは七年生にはなれなかった。去年で学校をやめてたと思うわ」

わたしは、笑顔をうかべようとした。

「そんなことないわ！」

「そんなことあるわよ！」と、ファイザが言った。

バスに乗っている時間は短くて、わたしたちはバスから急いでおりた。母さんは、そんなに暑くないときは歩くことも多いと言っていた。

わたしたちは道を横切り、これまで毎日見てきた、自分たちの家の背後にそびえる高層ビルのひとつに向かった。建物の向かいには、真っ赤な花をつけることで知られるフレームツリーが、枝を広げていた。ファイザとわたしはその木の下に立ち、ピカピカに塗られ、バルコニーに囲まれたその建物を見た。母さんは、わたしなら母さんの仕事をやれると思ってくれたのだ。母さんがわたしを信じてくれたということが、わたしの支えだった。

「なかを見られるのはおもしろいかも。冒険みたいな感じ？」と、わたしはファイザに言った。

ファイザはうなずいた。

「そうよ！　入ってみないとわからないもんね」

鉄の柵でできた門扉は閉まっていて、ガードマンがたずねた。

「どこへ行くんだ？」

「アニータ奥さまのお、おたくです」わたしは、口ごもった。

「君は、ロヒニの娘、ミーナかい？」

わたしはうなずいた。わたしはここでは、ミーナと呼ばれることになるのね。

ファイザがわたしの手をぎゅっとにぎりしめた。

「ミンニ、顔をあげてね。そして忘れないで。これはあくまで今いっときの仕事——永遠に続くっていうわけじゃないのよ」

「ありがとう」わたしは、なんとかそう言った。ファイザは入れるところまでついてきてくれた。でも、この門を越えることはできない。わたしはひとりで行かなくてはならないのだ。

ガードマンが門扉をあけた。そして、わたしといっしょにロビーまで来てくれた。大理石の床があまりにも光っていて、わたしは足がすべるんじゃないかと心配した。

「ミーナ」ガードマンが声をかけてきたのは、わたしたちがエレベーターに乗りこんだときだった。

「君のお母さんは、君のことを自慢していたよ。自分の妹と同じくらいかしこいって」

「母さんが、そんなことを?」

エレベーターが、ガタンと止まった。ガードマンが、金属でできた格子のドアをスライドさせ、それから外側の木製のドアを押しあけた。わたしが外に出ると、ガードマンは下へもどっていった。

わたしは、たった今ガードマンが言った言葉に気を取られていた。母さんがわたしのことを、母さんの妹ミーナおばさんと同じくらいかしこいと思っているなんて、聞いたことがなかった。母さんに自慢されるような娘になりたいと、ずっと思ってきた。母さんがもう自慢に思ってくれていたと知って、わたしは顔を少しあげることができた。

17

マンション内の廊下には、真鍮でできた、大きな観葉植物の植木鉢が並んでいた。植木鉢は鏡みたいにピカピカで、わたしの足が映っている。壁には、たてがみをなびかせた青い馬の絵がかかっている。わたしは、おそるおそる玄関のベルを鳴らした。小声で数を数える。百、二百、三百。以前サンジャイが、数を数えると気持ちが落ち着くと言っていた。わたしにも同じ効き目があるといいな。

ジーンズにゆったりとした青いチュニックを着た女の人が、ドアをあけた。彼女はにっこりほほ笑んだ。

「ロヒニの娘のミーナね？　入って」

わたしはうなずいた。この人がアニータ奥さま。もう何年も話に聞いてきた人。わたしの学費を払ってくれて、その気前のよさにわたしの家族がすがっている人。とうとう会えた。わたしは、奥さまが、これがわたしにとって初めての仕事だと理解して、親切にしてくださるといいなと思った。

わたしは、新しい世界に足をふみいれた。

それはまるで映画の世界みたいだった。やわらかいカーペットが敷かれた大理石の床が光っている。家具はクリーム色で、生活感はまるでない。光沢のある宝石みたいな色をしたクッションが、ソファーの上に完ぺきに並べてある。部屋の真ん中のコーヒーテーブルの上には、銀のベルのコレクションが並べてあり、大きな本も何冊か置いてある。いくつもの大きな窓からは街を見おろすことができ、その窓の前には、真鍮のくさりでつるされたブランコのような、こった飾りのいすがある。もし、運よくあのブランコに座ることができたら、自分の王国をながめる女王さまのような気分になれるだろう。

アニータ奥さまがわたしになにか言っていたので、わたしはぽかんと見とれるのをやめた。奥さまはわたしに、キッチンについてくるように言った。

でも、キッチンに行ってみると、そこはまたしても見とれてしまうものばかりだった。今まで見たこともないくらい大きくてきれいな流し台。そこにはピカピカの蛇口がついている。そして蛇口には、テレビのコマーシャルで見たことがあるような、世界でいちばんきれいですっきりした水が約束されている浄水器がついていた。わたしはその水を飲んでみたくてたまらなかった。どんな味がするんだろう。

アニータ奥さまはわたしがそうじしなくてはならない場所を見せてまわり、玄関ホールにあるそうじ道具入れを指さした。

廊下を進んで閉まっているドアの前を通りすぎたとき、アニータ奥さまが言った。

「あなたはここには入らないこと。ここはわたしの義理の母の部屋なの。たぶん、明日会うことになるでしょう」

奥さまはそう言いながら、目をぐるりと回したけれど、わたしには、それがなにを意味するのかわからなかった。でも、母さんの言葉を思いだし、必要ないことはたずねなかった。

それから奥さまは、娘の部屋のバスルームからそうじを始めるようにと言った。わたしはピンキーに会ってみたかった。わたしたちにあの完ぺきなマンゴーをくれた、そして、母さんがそのくしゃくしゃの髪をくしでとかしてあげたピンキーに。母さんはやさしい子だと言っていた。わたしはそうだといいなと思っていた。

ピンキーは、ピンクのバラ模様のベッドカバーがかかった大きなフロアベッドに寝そべっていた。まるでおとぎ話に出てくるお姫さまみたいだ。壁一面の、本がぎっしり並んだ本棚に目をうばわれる。ピンキーはこれを全部読んだの？　それから部屋のすみにある机に目をやった。そこには、ピンキー専用のパソコンが置いてあった。わたしは手をのばして、全部に触れてみたかった。ピンキーがうらやましすぎて胸が痛い。ピンキーは、自分がどんなにめぐまれているか、わかっているの？

「ピンキー、この子がロヒニの娘のミーナよ」アニータ奥さまが言った。

ピンキーとわたしは、おたがいにっこりほほ笑んだ。

アニータ奥さまはわたしを、ピンキーの部屋についているバスルームに連れていった。わたしはびっくりしてそこを見つめた。

うちの近所では、細い道の奥にある、七つの個室が並んだ一か所のトイレを、三十家族で使っている。風呂やシャワーは、ほとんどの人がバケツの水を使う。

ピンキーには、自分専用のバスタブがあるなんて。部屋のドアを閉めて、ひとりきりでお風呂に入れるのだ。想像してみて。

「終わったら、わたしを探して」アニータ奥さまはそう言うと、部屋から出ていった。

奥さまがいなくなると、ピンキーがぴょんとベッドから飛びおりてきた。

「ミーナ。いくつ？」

「十二歳です」

「わたしも！」白いヘアバンドで押さえられたくるくるの黒髪が、顔のまわりではずんでゆれている。

わたしはバスルームの入り口に立ち、ピカピカの大理石の床と洗面台を見た。ほんとにそうじする必要があるの？　そこは、今までに見たどのバスルームよりきれいに見えた。うちの近所のトイレなんて、ときに吐き気をもよおすくらい汚い。

ピンキーはわたしのあとについて、バスルームのなかまで来た。

「わたし、たいくつしてるの。なにか手伝わせて」

ピンキーはそんなことしないほうがいい気がした。それに、わたしはトラブルに巻きこまれたくなかった。でも、わたしがことわるとこう言った。

「心配しないで。ママにはわからないから。でも、そばにいるだけでもいいわ。あなたがそのほうがいいならね」

ピンキーは、わたしが洗剤の粉をまいてみがきはじめるのを、じっと見ていた。どのくらいの時間をかけたらいいのだろう？　母さんはなにもかも教えておいてくれたのに。もっとしっかり聞いておけばよかった。

「最初にぬらさないと。ロヒニはそうしてたよ」と、ピンキーが言った。

ピンキーはどうして、わたしの母さんを名前で呼ぶんだろう？　まるで、母さんと対等みたいじゃない？　わたしは母さんくらいの年齢の人を、名前で呼んだことはない。「おばさん」とか「奥さん」と呼ぶ。

わたしはバスルームを見まわした。水の入ったバケツはない。

そのとき、ピンキーが蛇口をひねった。すると、おどろいたことに、水が勢いよく流れてきた。真っ昼間に水が制限もなく流れている。まるで魔法みたいだ。

お金持ちって、ほんとに別世界に生きてるんだ！

アニータ奥さまがピンキーを呼ぶ声がした。ピンキーは走っていった。

わたしはひとりで、バスルームのはしに立った。そして、反対側のはしへとそっと歩きはじめた。つなわたりの少女みたいに。

一歩、二歩、三歩、四歩、五歩、六歩、七歩、八歩、九歩、十歩。

ピンキーのバスルームは、わたしの家と同じくらいの広さだった。

わたしはこれでいいのかわからないまま、次から次へと精いっぱい仕事をこなし、ようやくキッチンへ行った。

アニータ奥さまが、冷蔵庫に母さんが作ったロティの生地の残りがあると言った。

「六枚分になると思うわ。いつもはわたしと、義理の母、そして娘だけなの。夫はたいてい帰りがおそいから」

ロティを作る準備をしている間、奥さまがずっとわたしの近くにいたので、わたしは手の動きがぎこちなくなってしまった。でも、生地をこねはじめると、ふるえていたわたしの手も落ち着いてきた。

母さんがこの生地を作ったのだ。

そう思うと、わたしは気持ちが楽になった。まるで母さんがいっしょにいるような、わたしを助けてくれているような気になった。

わたしは生地を六つに丸め、そのうちのひとつをのばしはじめた。円い木製の台に生地がくっつく。打ち粉をするのを忘れてしまったのだ。

台にくっついた生地をこすってはがし、打ち粉をしてからやり直した。でも、二回目のチャレンジも、大して変わりはしなかった。ロティはインドの地図みたいな形になった。だからもう一度やってみた。

アニータ奥さまは、頭をふるとキッチンを出ていった。こうつぶやきながら。

「ロヒニは、あなたにロティの作り方を教えたって言ってたのに」

心臓がドクドクと鳴る。母さんをうそつきにするわけにはいかない。もっと上手に作らなくちゃ。そうしなければ、初日に仕事を失うことになる。

わたしは何度か深呼吸した。ミンニ。サンジャイの声が聞こえる。おまえならこうするって決めたら、なんだってやれるよ。

三回目のチャレンジで、わたしは生地を円くのばせた。わたしが作ったのだ。わたしのロティは母さんが作ったもののようにやわらかくはない。でも、まあいいだろう。作り終えるころには、わたしはすっかり汗をかいていた。まるで、山を動かそうとがんばったみたいだった。

その夜、わたしは寝る前に顔を洗いながら、ピンキーのきれいなバスルームのことを考えていた。わたしは日記にこう書いた。

ピンキーのバスルームでは、蛇口から水が流れる。
蛇口には、マリーゴールドの花輪をかけなくてもいい。
祈りではなく、お金が水を流すのだ。

18

次の日、わたしは父さんといっしょに起きた。太陽がのぼる直前だ。でも、今やわたしは、働く少女なのだ。

「初日はどうだった？」

「クビにならなかったよ」

父さんはにっこり笑った。

「バンザイ（ジャイ・ホー）！　すごいじゃないか！」

父さんと母さんは、わたしよりもわたしを信じてくれている。ちゃんとこの仕事をやりとげると思っている。初日からクビになりそうになったなんて、父さんたちは思いもしないんだろうな。

父さんは、わたしが水くみ用の容器を集めているのを見て言った。

「ミンニ。水くみを手伝えるといいんだが。おれの体がふたつあったらなあ。だけど、いつもより早く仕事に行かなきゃならないんだ」

「だいじょうぶよ、父さん。でも、なぜなの？」と、わたしは聞いた。

「店で出すパコダに使う野菜は、よく母さんが洗って皮をむいておいてくれたんだ。今はそれを自分でやらないといけないからな」と、父さんが言った。

母さんはいったいどうやって、毎日こんなにたくさんの仕事をしていたの？　手がふたつじゃ足りないでしょ？　しかも、全部にこにこしながらやっていたなんて、どうやって？

母さんがよく、わたしに肩をもんでくれだの、サンジャイには足をもんでくれだのとたのんでいた理由が、今ようやくわかった。そして、ときにわたしたちに怒ったりどなったりしていた理由もわかった。しょっちゅうというわけではなかったけれど、そんな日はサンジャイとわたしは、母さんを怒らせないようにしていたっけ。

わたしが共同水道に着くころには、太陽はのぼっていた。蛇口から出てくる水は、ピンキーのバスルームみたいに勢いよくはなかったけれど、ちゃんと流れてきた。容器がいっぱいになるのを待ちながら、わたしはきのうのことをぼんやりと考えていた。

きのうの夜、わたしはピンキーとピンキーのお母さんだけに食事を出した。ピンキーのおばあさんは顔を見せなかった。アニータ奥さまの身のまわりの世話をしながら一家の食事も作っているラタが、おばあさんの部屋に食事を持っていった。わたしとちがって、ラタは住みこみだった。そんなこと、想像できなかった。わたしはこの家を出て、自分の世界にもどれる時間になるのを、今か今かと待っているのに。ラタは、十三歳からピンキーの家に住みこみで働いていると教えてくれた。そんなの絶対想像つかない！

だれもわたしに、食事をするように言わなかった。わたしは、自分が作ったロティといっしょに、ラタが作ったおいしそうなにおいがするパラック・パニール（ほうれん草とカッテージチーズのカレー）をピンキーとアニータ奥さまに給仕した。ひと口食べてみたかったのに。

疲れきったわたしは、だれもいない家に帰った。母さんはいつも、食事を作って待っていてくれた。でも今は、自分で自分の食事をどうにかしないといけない。

わたしはビスケットを何枚か持って、家の外の段に座った。モティに一枚わけてやっていると、ナンおばさんがやってきた。

「それが夕ご飯？」

わたしはうなずいた。あまいビスケットのおかげで、少し気分がよくなっていた。

「すぐもどってくるわ」と、おばさんが言った。

おばさんはナンとカリフラワー・サブジ（スパイスをきかせたカリフラワーの炒め煮）を持ってすぐもどっ

てきた。それはひと口食べるごとに口のなかで溶け、わたしのなかにぽっかり空いた大きな穴を埋めていった。

「まだ新しい毎日に慣れないだろうから、明日も食事を持ってきてあげるわ」と、ナンおばさんが言ってくれた。

わたしがお礼を言うと、おばさんは言った。

「わたしがくじけていたとき、あなたのお母さんがわたしを支えてくれた。ここではみんな、たがいに助け合わないとね」

容器が水であふれる音でわれに返った。行かなくちゃ。

学校に行く準備をしながら水をわかす。わたしの髪を編んでくれる母さんはここにはいない。わたしは、髪をひとつにまとめてポニーテールにした。

水を全部わかしてこし終わるころには、朝ご飯を作る時間は残されていなかった。わたしはバナナを一本とパンを一枚つかんで、家を飛びだした。

大通りまで全速力で走った。ファイザに会えると期待していたわけではない。でも、ファイザはいた。まるで世界からのプレゼントのようにそこに立っていた。

「走らなきゃ」とファイザが言った。

わたしたちは足が許す限り速く走り、息を切らして学校に着いた。でも、始業のベルは鳴り終わっていて、正門は閉まっていた。

わたしは下を向いた。スカートはしわだらけ。ブラウスはベルトからはみ出している。ポニーテールはくずれそうだ。

わたしはブラウスをスカートのなかにしまい、スカートをなでつけた。

ファイザのきちんと編んだ髪や、アイロンがかかった制服を見ると、わたしは母さんに会いたくてたまらなくなった。もっと大人にならなくてはいけないのかもしれない。

学校警備員のシヴァさんは、いすに座ったままわたしたちのほうを見た。

「校則はわかってるんだろうな？」

「もちろん！　知ってます」と、ファイザが言った。「もう絶対ちこくしませんから。今日だけ！　お願いだから入れてもらえませんか？」

わたしはシヴァさんの顔をじっと見つめた。どこかで見たような気がする。シヴァさんが口ひげをひねったとき、わたしはぱっと思いだした。

「警備員さん、わたしの父さんのチャイの店に来てますよね？」わたしは思わず言った。

「大通りの店か？」

わたしはうなずいた。

「そう、それです！〈ジャイ・ホー〉という店です」

「きみのお父さんのパコダは最高においしいな。どうしてちこくしたんだ？　ねぼうか？」

そうだったらよかったのに。起きられないわたしを、母さんとサンジャイがゆさぶって起こさなきゃいけなかった日々(ひび)が、遠い夢のようだ。母さんは、わたしがお姫(ひめ)さまかなにかのように世話を焼いてくれたものだ。学校に行くとちゅうで食べられるように、ジャムを塗(ぬ)ったロティをくるくると丸めてくれたりもした。

わたしはシヴァさんに、母さんが病気になって田舎(いなか)に行かなきゃいけなくなったことを話した。

「きみはどうしておくれた？」シヴァさんはファイザにたずねた。

「ミンニを待っていたんです」

シヴァさんはわたしたちふたりに向かって、やれやれと頭をふった。でも、わたしたちにちょっと待てというようなしぐさをすると、ドアまで行ってなかをのぞいた。だれも見ていないことがわかると、シヴァさんがこっそりなかに入れてくれた。

わたしたちは、後ろのドアから教室に入った。シャー先生はわたしたちを見たけれど、なにも言わなかった。助かった。

席に着くと、ファイザが紙きれを回してきた。


ミンニ、母さんがふたり分のお弁当を持たせてくれたよ。母さんはミンニが好きなジーラ・アルーを作ってくれたから。


わたしは、そのメモを何度も読んだ。

ファイザのお母さんは、わたしがジーラ・アルー（ジャガイモをクミンで炒めたもの）を好きなことも、今、お弁当を作ってくれる母さんがいないことも覚えていてくれたんだ。そして、作ってくれた。ナンおばさんはわたしに夕ご飯を持ってきてくれた。ファイザはわたしを待っていてくれたし、警備員のシヴァさんはわたしたちを学校に入れてくれた。シャー先生はちこくしてもなにも聞かなかった。

昼ご飯の時間、わたしはみんなの思いやりをかみしめながら、ジーラ・アルーを味わった。シャンティは、わたしはひとりじゃないと言っていた。そして今、わたしにはようやくその意味がわかった。

この大人になるってことは、大変だ――なにも気にしなくてよかったわたしの子ども時代は、もうもどってこないのかもしれない。でも、わたしには、助けてくれる人がたくさんいる。

その夜、わたしは日記を書いた。

あなたの家族は、常にあなたとともにある。
あなたの血のなかに、あなたの思い出のなかに。
真の友もまた、あなたとともにある。
友はいつもあなたを思い、あなたとともに歩んでくれる。
だから、自分ひとりで歩いているときでさえ、
あなたは決してひとりではない。

19

わたしが仕事場に着くと、ピンキーが大喜びでドアをあけてくれた。

「ミーナ。ママ、今日はお出かけするのよ」

アニータ奥さまはおしゃれをして、ジャスミンの庭のような香りがした。ピンク色の雲のようなシフォンのサリーを着て、きれいなイヤリングが耳でゆれている。

「ミーナ。今日は、そうじはしなくていいわ。ピンキーがあなたと遊ばせてほしいって言うの。今日はロティを作るだけで、あとは自由にしていいから」

ピンキーがそんなにわたしと遊びたがっていたということに、わたしはおどろいた。

ピンキーはお母さんが出かけると、わたしについてキッチンまで来て、わたしがロティの生地を作っているのを見ていた。

「ミーナはとってもかしこいのね。わたしはロティの生地なんて、どうやって作っていいのか全然わからないわ」

わたしだって二週間くらい前までは全然知らなかったわ、とは、ピンキーに言えなかった。

「でも、ミーナ。あなたのお母さんみたいにもっと薄くてやわらかいロティを作ってくれない？　きのうおばあさまが、とても食べられないっておっしゃってたわ」

わたしはうなずいた。ピンキーがほんとのことを言ってくれるのがうれしかった。

「わたし、あなたにずっといてほしいの。あなたがここに来てくれてうれしい」

「ありがとう。ピンキー」わたしは、ピンキーににっこりほほ笑んだ。「でも、あなたにはきっとたくさんたくさんお友だちがいるでしょ。わたしなんて必要ないわ」

ピンキーは、ちょうど最近わたしがやりはじめたみたいに、爪をかんだ。

「友だちなんていないの。だってわたしは、どこにもひとりじゃ行っちゃいけないから。このマンションに住んでいる子と遊ぶことさえだめなの」

「どうして？」わたしは、おどろいてたずねた。

「わたしの両親は、わたしを守りたいんですって」

自分のマンションで危険な目にあうというのはどういうことなのか、わたしにはわからなかった。それに、ひとりでどこにも行かせてもらえないなんてかわいそうだなと思った。ピンキーはこんなにめぐまれていそうなのに、めぐまれていないんだ。まるで、塔に閉じこめられたお姫さまのようだ。生地ができあがると、ピンキーは手をたたいて喜んだ。

「これで遊べるね」

ピンキーはボウルにポテトチップスを入れ、わたしたちはピンキーの部屋に行った。ピンキーは、アメリカの親せきから送ってもらったという新しいカードゲームのルールを教えてくれた。すぐにわたしたちは、笑いながらひっかけひきを始めた。

一回目の勝負はピンキーが勝った。二回目はわたしが勝った。

「ウノ！」わたしはさけんだ。

三回目の勝負でわたしが勝つと、ピンキーはわたしにまくらを投げてきて、わたしはそれを投げ返した。ピンキーは背中に手を回してカードをかくし、わたしはそれを取ろうとピンキーともみあった。そのとき、部屋のドアがあいた。白髪をおだんごにまとめ、白いチュニックにゆったりしたズボンのサルワールをはいた年配の女性が入ってきた。その人は、まるですっぱいピクルスでも食べたような顔をしていた。

「ピンキー」その声は、はがねのナイフの刃先のようだった。

「おばあさま」ピンキーは、ぱっと立ちあがった。ポテトチップスの入ったボウルがひっくり返り、手に持っていたカードは床に散らばった。

わたしも、とっさに立ちあがった。

「おまえは、キッチンに行きなさい」その人はあごをあげ、まるでハエでも追いはらうようにわたしに手をふった。

ピンキーはおびえているように見えた。わたしはできるだけ急いで部屋を出た。

そして、キッチンに逃げこんだ。でも、ピンキーのおばあさんの言葉が、まるでハチの群れのようにわたしを追いかけてくる。わたしに丸聞こえだとわかっていて、それを気にするそぶりもない。

「使用人となにをしていたんだい？」

「カードで遊んでいただけです。ママは知ってるし、遊んでいいって。ミーナは、あたしの友だちです」

おばあさんが、かみつくように言った。

「友だち？　おまえは、下層カーストのやつらがどんなところに住んでるか、知ってるのかい？　そういうスラムにどんなばい菌がはびこってるか、知ってるのかい？　おまえは知らないんだよ——あの子は結核かもしれない」

沈黙が流れた。ピンキーはなにも言わないことにしたのだ。

「ピンキー、おまえは大人にならなくちゃいけないよ。おろかな少女ではいけない。ロヒニが、娘にはちゃんと教えてあるって、うそを言ってたのを知ってるだろ？　あの子はロティを円く作ることすらできないんだよ。あいつらはみんなうそつきなんだよ」

そして、ピンキーのおばあさんが自分の部屋にもどっていく足音が聞こえた。部屋のドアが、バタンと音を立てて閉まった。

わたしはほうきを持つと、力を強くこめてはきはじめた。床が、あの恐ろしいおばあさんだったらこうしてやるのに。

母さんはわたしにルールを教えていった。わたしはいっさいの感情や考えを持ってはいけない。わたしは自分の立場を忘れてはいけない。わたしは、ピンキーがわたしの主人の娘だということを忘れていたのだ。

しばらくして、目をはらしたピンキーが、床にモップをかけているわたしのところにやってきた。

「ミーナ。さっきはごめんね。さあ、わたしの部屋でまた遊ぼうよ。ドアにかぎをかけておくから」

わたしは、ピンキーの申し出について考えた。ピンキーのおばあさんは、ピンキーは大人にならなくてはいけないと言った。わたしの母さんもわたしに同じことを言っていた。でも、それぞれ、その意味はまったくちがう。

わたしは疲れた声で答えた。

「今、それはいい考えだとは思わないわ。ほんとのところ、わたしはあなたの友だちじゃないでしょ、ピンキー。わたしは代理の使用人だわ。たとえどんなにわたしたちがそうじゃないふりをしても」

ピンキーの顔がくしゃくしゃになった。それはまるで、ピンキーのおばあさんの言葉を聞いたときのわたしの顔のようだった。

家に帰るとちゅう、わたしは父さんの店に寄った。母さんは、わたしが夕ご飯にパコダしか食べなかったと知ったら、いい顔をしないかもしれない。でも、わたしが父さんに会いたいと思ったことはわかってくれるだろう。太陽がしずんでいくころで、店のライトが光っている。

父さんはやかんを持ちあげ、大げさなほどに高いところから小さなカップにお茶を注いだ。父さんは、注ぎ方は大切でそれによって味や泡（あわ）の立ち方が決まると言っていた。店のお客さんたちがそんな父さんを、感心しながら見ている。

「ミンニ」客のひとりが声をかけてきた。「大きくなったなあ！　久しぶりだ」

「ミンニはロヒニの仕事をこなしながら、学校にも通ってるんだ」父さんが、自慢（じまん）げに言った。

わたしは顔を赤らめた。父さんがいそがしすぎて、仕事はどうだったと聞くひまがなくてよかった。

「おまえはかしこい子だって、わたしたちは知ってるよ。勉強はどうだい？」と、ひとりのおばさんが聞いた。

ハリ・チャチャ――父さんの弟で、もう何年もずっと父さんと働いている――がそばに来て答えた。

「われらがミンニにとっちゃ、学校なんてなんてことないさ。天才なんだからな！」

わたしは笑った。

「いつもそうはいかないよ。でも、けっこううまくいってる。わたしの先生、シャー先生はとてもやさしくてかしこいんだよ」

わたしはここでひと息ついた。みんながわたしの話を聞いている。だから、話を続けた。

「ファイザを知ってるでしょ？　今年、同じクラスで、わたしの向かい側に座ってるの。わたしたち、とてもラッキーなの。学校に行くときも、学校でも、ほとんど一日じゅういっしょにいられるんだから」

おばさんがわたしの背中を軽くたたいた。

「そういう親友を持っててよかったじゃないか」

熱くてあまいチャイにひたしたビスケットは、わたしの口のなかで溶け、空っぽだったわたしの胃袋を満たした。でも、それよりなにより、まわりの人の愛情がわたしを満たしてくれた。ここはほっとできる場所、わたしを大切にしてくれる人――わたしを自分以下だなんて考えない人たち――がいる場所。今夜わたしがいるべき場所はここだ。

20

日曜日、わたしは夜明けとともに水くみをした。母さんが行ってしまってから、休みなく働いている気がする。ちょっと座ってひと息つけるだけで幸せだ。

ストーリーテリングのときに、呼吸の仕方を教えてくれたのはシャンティだった。わたしたちはみんな背筋をのばして座り、片手をおなか、ろっ骨のすぐ下に当てた。そして、もう片方の手は胸に当てた。

「鼻から息を吸って。おなかで手を押し返す感じで」シャンティはわたしたちに教えた。

大きなおなかの持ち主のおじさんが、笑いだした。大きく息をするたびにおじさんのおなかがひくひく動き、つられてみんな笑った。シャンティまで笑った。

それから、シャンティが言った。

「口笛を吹くときみたいに息を吐いて」

もちろん、そこから口笛合戦が始まった。

あれからとてもたくさんのことが起きたけれど、シャンティの呼吸レッスンは、そのすべてを吸いこみつづけることを教えてくれた。あせらないで、目の前のことを確実に、と。

そんなことを思い返しているとき、わたしの名前を呼ぶ声がした。シャンティの声みたい。シャンティのことを考えただけで、呼びよせることができたってこと？　シャンティがうちに来たことは、一度もない。わたしたちはいつも、バンヤンツリーの下か、シャンティの家で会っていた。

シャンティの声は、どんどん大きな、せっぱつまった感じの声になってきた。

「ミンニ！」

わたしは急いで外に出た。シャンティがこぶしを宙につきあげながら、大またでこっちに向かってくる。

「あなた、奨学金がもらえるのよ、ミンニ！　奨学金よ」

わたしはとまどった。なんの奨学金？　わたしはなにも申しこんでいないのに。

「パソコン教室の奨学金よ。くじで選ばれたの。あなたのお母さんがあなたの名前で申しこんでいたにちがいないわ」

そう言われて、わたしは、あのマンゴーを食べた日に、母さんがパソコン教室の話をしていたことを思いだした。母さんは、もっとくわしいことを聞いてくると言っていたけれど、聞いただけじゃなかったんだ！　母さんは遠くにいる。でも、今もわたしといっしょにいてくれる。わたしを見守っていてくれる。

「どうしてわかったの？」

「わたしは、コミュニティセンターでボランティアをしているからよ」

もちろん、そうだろう。シャンティはどこででも、だれかを助けている。

シャンティが大さわぎしたので、ナンおばさんやほかの人もなにごとかとやってきた。モティまでやってきて、興奮してほえている。

このあたりでは、よい知らせは、水がせまいすき間に流れていくようにさっと広まる——わたしたちはそういう知らせを心から待ち望んでいた。

その知らせがファイザの元に届くまで、あっという間だった。ファイザはキャーッとさけびながら、両手を広げて走ってきた。二本の三つ編みの片方は編んであるが、もう片方は編みかけのままはねている。

「ミンニ！」ファイザが抱きついてきて、わたしたちはその場で飛びはねた。

シャンティが家の外の段に座った。モティはそのとなりに寝そべっている。ということは、そう、ストーリーテリングの時間だ。

「昔々、このあたりにひとりの少女が住んでいました。かつて七つの島だったこの町に。その少女には大きな夢があり、幸運にめぐまれていました」

　みんながにっこりほほ笑んでわたしのほうを見た。一瞬、わたしは自分が貧しい地区の下層カーストの少女だということを忘れ、その幸運な少女になっていた。

　シャンティは語った。

「その子の夢は、あの海上大橋の主塔のように高く、海のように深かった。そして、海上大橋のようにその子の現在と未来をつないでいた」

　ナンおばさんがため息をついた。

　ファイザは自分で自分をぎゅっと抱きしめた。

　シャンティは、そよ風からも物語をつむぎだすことができる。

「シャンティ」わたしは、自分の物語の主人公である喜びをかみしめながらたずねた。「パソコン教室に参加するには、どうしたらいいの？」

「わたしったら！　そのために来たっていうのに。これから奨学金を受け取って、正午から始まるガイダンスに出席して」

　今は午前十時になろうかというところ。時間はまだたっぷりある。

「シャンティ、授業はいつあるの？　わたし、学校も仕事もあるの」

「ああ、それなら心配いらないわ。日曜日の午前中よ」

不安が消し飛んだ。でも、こんなふうにも思った——これはあまりにもすてきすぎて、ほんとのことじゃないんじゃない？


ファイザとわたしは、このニュースを知らせに父さんの店に行った。

「バンザイ（ジャイ・ホー）！」父さんに知らせると、父さんは店のかんばんを指さして言った。

「みんな、聞いてくれ、聞いてくれよ。いい知らせだ！」

ファイザがはねまわりながらさけんだ。

「ミンニがパソコン教室に入ったの」

みんなが拍手（はくしゅ）した。父さんが「ジャイ・ホー！」とさけぶと、「ジャイ・ホー！」と返してくれる人もいた。

「母さんのおかげなの。母さんがわたしの名前で申しこんでくれてたのよ」と、わたしは言った。

ハリ・チャチャは、テーブルをふいていた手を止めて、わたしの背中（せなか）をポンとたたいた。

みんな、パソコン教室の話をくわしく聞きたがったし、わたしがどうして入れたのか知りたがった。

父さんがわたしに電話をわたしてくれた。

「母さんに知らせてやれ――きっと喜ぶぞ！」

わたしたちは店の横に立ち、母さんの妹の携帯に電話した。電話に出てくれるといいんだけれど。

おばさんは電話に出ると、すぐ母さんにかわってくれた。

「母さん、わたし、奨学金がもらえたの。奨学金よ」と、わたしはさけんだ。

返事がない。

「ミンニ？　あなたなの？」と、母さんの声がした。

「そうよ、母さん。パソコン教室の奨学金がもらえたの。これから、ガイダンスに行ってくるわ。母さんがわたしの名前を書いてくれたんでしょ？　なにも言ってくれなかったけど」

「ミンニ。わたしはいろんなものを当てようと、あなたとサンジャイの名前を書いてきたわ。自転車、本、おもちゃ、靴、ディワリのための買い物ツアー。あなたたちが小さいころからずっとそうしてきたのよ」

「ああ、母さん。そんなこと一度も話してくれなかったじゃない」

母さんが笑った。

「それは、話せることがなかったからよ。これまで、なにももらえなかったんですもの」

「でも、今回はもらえたのよ、母さん。わたしたち、もらえたの！」

21

ガイダンスが始まる前に、わたしは母さんが去年作ってくれたワンピースに着がえた。母さんはこの布をセールのワゴンで見つけた。紫のうず巻き模様がヘナで描かれたように見える。

わたしはスキップしながらパソコン教室に向かった。空は真っ青。窓辺の鉢に咲くバラの花が目に入る。なんだか、今日は暑さもそんなに感じない。

なにもかもがうきうきしているように見える――物干しロープにかけられた赤、青、黄、緑のサリーが、わたしの幸運を祝って風にはためくデコレーションのようだ。

「わたしは、プリヤです」コンピューターの先生が自己紹介した。先生はインド人に見えるけれど、聞いたことがないアクセントで話した。そのアクセントはアメリカ英語だと、あとから知った。先生はこの一年だけインドに教えに来ているということだった。

わたしたちが「プリヤ先生」と呼ぶと、先生はこう言った。

「やめて、やめて！　わたしを先生って呼ばないで。プリヤって呼んでちょうだい」

ボランティアで手伝いに来ていたシャンティが、わたしたちの注意を引こうと、例のほら貝を取りだした。そして、指をふって言った。

「いいえ、それではあまりに無作法よ」

プリヤ先生は顔を真っ赤にして言った。

「ごめんなさい。生意気だったかしら」

シャンティが続けてこう提案した。

「〈お姉さん〉という意味の〈ディディ〉をつけて、プリヤ・ディディと呼んでもらったらどう？」

先生はとても喜んだ。

「ぜひそうしてほしいわ。わたし、ずっと妹がほしかったの」

「じゃあ、今、十人も妹ができたわね。ラッキーだわ！」シャンティがそう言って、わたしたちは全員笑った。

それから、わたしたちはパソコンに目を向けた。シャンティの話によると、そのパソコンは、大きな企業が寄付してくれたものだった。

わたしは教室に入ったとたん、新しい先生に目をうばわれたので、机の上に置いてあるパソコンをちゃんと見ていなかった。どの画面も満月みたいに明るくて、つばさを広げて山の上を飛んでいる鳥の写真が出ている。

プリヤ・ディディが、わたしたち全員を見て言った。

「これはスクリーンセーバーというの。わたしがワシを選びました。このクラスは、あなたたち女の子に飛び方を教えるものだと思ったから」

わたしたちはこのクラスでわくわくするような新しい言語――ヒンディー語や英語やマラーティー語のような言語――を学ぶと、プリヤ・ディディが説明してくれた。わたしたちはディディが教えてくれる秘密（ひみつ）の暗号を理解していくのだ。

でも席に着く前に、プリヤ・ディディはわたしたちを床（ゆか）に車座（くるまざ）にさせると、まずわたしたちのことを知りたいと言った。このクラスに来ることになった理由や家族についても話してほしいと。これまでそんなことを聞いてきた先生はいなかった。わたしは一年生と二年生のときに、無料の公立学校に通ったけれど、一クラスがだいたい七十人くらいだった。今の学校で一クラス五十人。シャー先生はたとえそうしたくても、ひとりひとりに話しかけてはいられない。

一瞬（いっしゅん）、みんなおどろいてしーんとなったが、すぐにいっせいにしゃべりはじめた。

プリヤ・ディディは、子どものように手をたたいた。

「あなたから始めましょう」ディディはそう言って、わたしのとなりの少女を指さした。「あなたから時計回りでね」

わたしは、最後になりそうだ。

家族に、コンピューターはむずかしすぎてとても覚えられないと言われた子がいた。でも、それはちがうと証明したいと、その子は言った。

一年間、一日一ルピーずつ貯金したという子もいた。

わたしくらいの年でギータという名前の女の子は、コンピューターに向いてないと言われたと言った。でも、その子はとにかくここに来た。

父さんと母さんに、コンピューターは将来そのものだと言われた子もいた。だから、学ばねばならないと。

これまでパソコンにさわったことはないけれど待ちきれない、と言う子も何人もいた。

わたしのとなりに座っていた女の子、アミーナは静かに話した。アミーナは、プログラミングを学び、エアコンが効いた事務所の仕事につけた人を知っていると言った。もしかしたら、自分もそうなれるかもしれないと。

わたしの番が来た。わたしは、母さんがくじにわたしの名前で申しこんでくれたと話した。今日のわたしは世界でいちばん幸運な女の子だと思うと。

それから、プリヤ・ディディが、わたしたちにパソコンの立ちあげ方、マウスの使い方、スクリーン上でのカーソルの動かし方を教えてくれた。キーボードをたたくカタカタという音が、音楽のように聞こえる。まるで、魔法のドアをくぐったような感じがした。

でも、とまどってもいた――覚えることが多すぎる。

わたしは手を丸めてマウスをにぎった。矢印がスクリーンのあちこちでおどる。

ギータが、わたしの肩越しにその様子をじっと見て、教えてくれた。

「ミンニ、矢印を止めたいときは、マウスのボタンをクリックするんだよ」

「うまくいかなかったら？」と、小声で聞いた。

「そのときは、マウスが生き返って、あなたにかみつくわよ」と、ギータが冗談を言った。

プリヤ・ディディはわたしたちの横を通りながら、わたしたちがパソコンに慣れてきたみたいでうれしいと言った。

「それに心配しないで。パソコンはこわれないから」

それを聞いて安心した。わたしは、学校にある二台のパソコンのことを思いだした。シャー先生がコンピューター室に連れていってくれたことがある。でも、校長先生はこう言ったのだ。

「見るだけ。さわらないように。みなさんの指の数ほどキーボードがありませんからね」

「使っていけないのなら、どうしてそこにあるんですか?」と聞きたかったけれど、聞けなかった。シャー先生にめいわくがかかるといけないと思ったから。

この教室では、時の魔法にかけられたような気分だった。二時間が二分のように感じられる。さようならをする前に、プリヤ・ディディはアメリカで買ってきたという、とてもあまくてねっとりしたチョコレートをみんなにわけてくれた。

みんなでそれを食べているときに、プリヤ・ディディが言った。

「新しい言語を学ぶと言えば、わたしもヒンディー語を上達させたいの。あなたたちはわたしの妹よね? 手伝ってくれない?」

わたしたちは、みんなでさけんだ。

「もちろん!」

わたしたちは、ディディに〈今日〉という意味のヒンディー語は〈アージ〉だと教えた。

「〈明日〉はヒンディー語でなんて言うの?」と、ディディが聞いた。

「アーネ　ワラ　カル」と、わたしが言った。

「コンピューター言語を学んだら、明日への、未来への扉が開くわ」と、ディディが言った。

とたんに、雲の切れ間から太陽が顔を出したような気がした。

わたしはギータと歩いて帰った。別れるときにギータが言った。

「また来週ね。もっと早くここにもどれたらいいのに。いろんなことをもっと覚えるのが待ちきれないよ」

「わたしも」そう言って、わたしはほほ笑(え)んだ。「おーい、未来さん、待ってて――わたしたちが行くからね！」

家に着いても、わたしはわくわくして興奮(こうふん)がおさまらなかった。ノートを取りだしてみると、インスピレーションがわいてきた。

知ったばかりのこの言語には、
興味をそそられる言葉がたくさんある。
アプリにアルゴリズム、
ビットにバイト、
クッキーにクリップ、

データにディスク、
ウィンドウ、ルーム、ファイアウォール、
ホームページ、ミラー、
モニター、マウス。
この言語はわたしをどこへ連れていってくれるの？
大学？　コンピューターの仕事？
知ったばかりのこの言語には、
わたしの新しい夢につながる新しい言葉があふれている。

22

月曜日、もうれつな暑さがもどってきた。わたしは、学校が終わってから仕事場へ行くのにバスに乗ることにした。バスが動きだすと、わたしは窓の外を見た。

ファイザが近所の女の子たちといっしょにいる。市場の前で笑ったり、雑誌を見たり、ポテトチップスをわけあったりしている。やりたくもなければ得意でもない仕事に向かうのではなく、今ファイザたちといっしょにいられるのなら、なんでもするのに。ファイザはこれからもずっとわたしの親友だとは思うけれど、ファイザだけが前に進んで行き、自分が取り残される気がしてしまう。わたしはわたしで、仕事をしている新しい友だちを見つける必要があるのかな。友だちとすごす時間があるかどうかは別として。

マンションの高層階に着くと、おどろいたことにピンキーがドアをあけてくれた。

「会えてよかった。あなたが来なかったらどうしようって思ってたところよ」

わたしが来ないかもなんて、どうして思ったんだろう？　おばあさんの言葉のせいでわたしが来なくなると思ったの？　わたしみたいな人間はいつだって耳ざわりな言葉を浴びせかけられるんだよ、と言えたらいいのに。わたしは自分の誇りなんてのみこみ、なかったことにするように教えられている。わたしには、ここから出ていくとか、傷ついたようにふるまうなんていう選択肢はない。

わたしにはもう、仕事の手順のようなものができていた。ほこりを払い、はきそうじをし、モップをかける。それからロティの生地をこねる。アニータ奥さまはヨガのレッスンがない日は、部屋から部屋へわたしについてまわり、わたしがちょっとしたほこりでも見のがしていないか確認し、ピカピカの白い大理石の床にほとんどわからないような汚れを見つけては指摘した。

わたしは奥さまに、そのワシみたいになんでも見える目をなにかもっと役に立つことに使ったらどうですか、と言いたかったが、そこはぐっとがまんした。

代わりにこう言った。

「はい、奥さま」

わたしがピンキーのベッドのシーツをかえていると、そこにピンキーのおばあさんが入ってきた。

「ミーナ。きれいなシーツにさわる前に手を洗ったかい？」

「はい、奥さま」母さんの教えが頭をよぎる。言われたようにやるのよ。質問はしちゃだめ。

おばあさんは出ていきながらこう言った。

「ピンキー、ドアはあけておきなさい」

「はい、おばあさま」と、ピンキーが大きな声で答えた。

ピンキーのおばあさんは、どうしてわたしたちを見張っているの？　なにが起きると思っているの？

ピンキーが小さな声で言った。

「あのカードゲーム、気に入った？」

わたしが黙っていると、ピンキーが言った。

「わたしはとっても楽しかったよ」

わたしだって楽しかった。わたしは、ピンキーが母さんにマンゴーをくれたことを思いだした。母さんがピンキーはいい子だと言っていたことも思いだした。ピンキーはいい子だと思う。でも、わたしは身も心もへとへとだった。ここには、目に見えない危険が、たくさんひそんでいる。

「あのカードゲームはおもしろかったよ」と、わたしは言った。

「ミーナ。あなたのことをミンニって呼んでもいい？　あなたのお母さんはそう呼んでたよね？」

わたしはこう言いたかった。わたしの友だちもミンニって呼ぶよ。でも、あなたはわたしの友だちじゃあない。もしあなたがわたしの友だちなら、こう言うはずだよ。「ミンニ、わたしのおばあさまはあなたのことを誤解しているわ」って。

そのかわりにこう言った。

「ごめんなさい、わたし、仕事をしないといけないから」

わたしはシーツをのばすと、角をきゅっとたくしこんだ。そして、自分の口もきゅっと閉じておいた。

家に帰る道すがら、わたしは母さんとサンジャイが家でわたしを待っているという想像をした。ほんとにそうなる日が来たら、もう絶対それを当たり前のこととは思わないでおこう。

家に着くと、その次にうれしいことが待っていた。家の外でファイザが待っていてくれたのだ。自分が、知らないうちに緊張していたことがわかる。肩の力がぬけていく。まゆがさがる。わたし、やっと自分の場所に帰ってきたんだ。

「ちょっと元気が出るものがほしいんじゃないかと思って」と、ファイザが言った。「母さんがケバブを作ったの。あなたの分もあるよ」

わたしはケバブに手をのばした。そして、ひと口かぶりつくと、言った。

「ああ！　これがどんなにおいしいか、あなたにはわからないでしょうね」

「わかるわよ」ファイザがにこっとした。「夕ご飯に食べたばかりだもの」

ファイザはわたしが食べ終わるのをしんぼう強く待ってくれた。そしてこう言った。

「さあ、あのいじわるなおばあさんの話を聞かせて。あなたをどんなふうにバカにしてるの？」

「聞いて、ファイザ。ほんとにサイアクなの！　ピンキーに、わたしが病気を持ってるかもしれないなんて言ったのよ。わたしが下層カーストだからとかなんとか言って」

「ピンキーのおばあさんは、人としていやしいわよ、ミンニ。あたしが会ったら、パンチをおみまいしてやるわ」そう言って、ファイザはなぐるまねをした。「あなたのためにね」

「ありがとう、ファイザ。やさしいのね」わたしは、こらえきれずに笑った。

次にピンキーのおばあさんがわたしを侮辱したら、ファイザが映画みたいにわたしのために戦ってくれるところを想像して元気を出そうと、心に決めた。

23

日曜日の午後、ファイザとわたしは近所を散歩した。モティが後ろからついてくる。ファイザはモティに骨を持ってきていた。

「モティを買収するつもり？」と、わたし。

モティはしばらく骨をバリバリかみくだいていたが、食べ終わるとファイザに寄っていった。

「モティはあたしのほうが好きなのよ」と、ファイザが言った。

「このうらぎり者」と、わたしはモティに言った。

歩きながらわたしは、高層マンションで働きだすまではあまり気にしていなかったことに気づいた。まず、わたしたちの通りが〈通り〉と呼べるようなものではないということ。〈路地〉と呼ぶほうが似合っている。奥へ進めば進むほど、せばまっていく。このあたりの電線は、高層マンションのある〈向こうの世界〉のように、ピンときれいに張られているわけではない。頭上から、二本三本と束になってたれさがっている。でも、いちばん問題なのは、歩道をそうじしていないからそこらじゅうごみの山ということ。そして、通りにじゅうまんしているにおいのなかには、いいにおいもあるけれど、ほとんどがそうではないということだ。でも、わたしたち自身はきちんとした清潔なかっこうをしているという誇りがあるし、たくさんの人が通りをきれいにしようと動きだしていることも知っていた。

　わたしは、この地域も今すぐもっときれいになったらいいなと思っている。でも、この地域がごみだらけだからといって向こうとこちら、わたしたちに、なにかちがいがあるわけではない。わたしたちは、向こうの世界の人と同じくらい一生けんめい働いているし、わたしが知っている人の多くは服や食べ物を作ったり、洗濯をしたり、リサイクルをしたりと、自分で商売をしている。

　そして、ゲームをしたり、思う存分歌ったりラップしたりおどったりするとき、向こうの世界の人よりずっと楽しんでいると思う。

日曜日は、わたしのお気に入りの曜日だ。それはみんながちょっとしたお楽しみの時間を持てるから。クリケットをしている子どもたちのひとりが、ボールを思い切り打って四点入れた。みんな大盛りあがりで、打った男の子は誇らしげに顔を輝かせている。

　シャンティがストーリーテリングをしてくれるバンヤンの木の下に集まった女の人たちは、うわさ話をしながら楽しそうに豆のさやをむいている。

通りの奥では、ひとりのおじさんが延長コードを使って、みんなが見られるようにテレビを外に置いていた。テレビには〈ガリーボーイ〉という映画が映しだされている。ランヴィール・シンがラップをしている。この映画には、わたしの家や近所のような風景が出てくるが、これはとてもめずらしいことだ。たいていのボリウッド映画は、ピンキーの家のような場所で撮影されるから。

散歩から家にもどると、外の段に座った。わたしは、プリヤ・ディディのこと、習ったばかりのコンピューター用語のこと、そして、これからアプリ作りを学ぶことを話した。このところ、自分の身に起きている出来事をどれもファイザと共有しそこねていた。だから、プリヤ・ディディの服装や、いつも水筒から水を飲むことまで、ことこまかに話して聞かせた。

でも、ファイザから予想外の言葉が返ってきた。

「あなた、ずっとプリヤ・ディディのことしか話してないって気づいてる?」

「え?　ずっとディディのことばっかり話してるってことはないよ」

ファイザは、あきれたという感じでぐるりと目を回してみせた。

「もしそうだったらごめんなさい。でも、ファイザもディディに会ったら、きっとわかると思う。ほんとにすてきなお姉さんなんだよ。わたしたちと対等に話してくれるし」

「それはすてきね。でもあなたはずっと、自分の仕事、ピンキー、ピンキーのいじわるなおばあさん、そして、プリヤ・ディディのことを話してて、あたしが今どうしてるのかって、聞きもしないじゃない」

わたしは、言葉を失った。

「アプリだのスナップだの……なんのこと？」と、ファイザが言った。

わたしは説明しようとした。でも、ファイザはやめて、というように手をふった。

「冗談よ……知りたいわけじゃないわ」

夕焼けに向かってカアカアと鳴くカラスの声と車のクラクションが、途切れた会話を埋めるようにひびく。でも、わたしには、自分とファイザの間に新しくできたこのみぞを埋める言葉が見つからなかった。これまで、わたしの生活とファイザの生活は同じようなものだった。なのに、わたしの生活は大きく変わってしまって、自分でもまだ受け入れられなかった。ファイザに自分の話をしないと、ファイザはわたしのことをわからなくなってしまうんじゃないかと不安だった。でも、わたしはファイザにファイザの生活を聞くのを忘れていた。ファイザの生活はわたしの生活みたいにひっくり返ったわけじゃないから、わたしに話すことなんてないだろうと、勝手に思っていた。そこで、聞いてみた。

「ファイザ、新しいダンスのステップを覚えた？」

「そりゃ、もちろん覚えたわ。そしてね、あたし、メンバーに選ばれたの。でも今は、あたしたち、試験のことだけ考えるべきじゃない？　明日落ちたらどうしようって心配だし。それをどうにかできるアプリってないの？」

「待って、なんの話？　試験はまだ二週間先じゃない」

ファイザは、頭でもおかしくなったかという目でわたしを見た。

そして、立ちあがるとわたしの両肩をゆさぶった。

「試験は二週間先かもしれない。でも、模擬試験は明日だよ。忘れたの？　おさらいの小テスト。この間シャー先生が、小テストの成績がよかったら、本試験に点数を加えてくれるって言ってたじゃない」

「なんですって？　先生、そんなこといつ言ったの？」

「月曜日よ。先生が黒板に書いてたじゃない」

月曜日？　きっと、わたしがまたちこくした日にちがいない。警備員のシヴァさんのおかげでこっそり学校に入れてはもらえたけれど。もう三回か四回見のがしてもらっている。初めてちこくしたあと、シヴァさんはわたしたちふたりのうち、どちらかしか入れられないと言った。ふたりともはだめだと。ファイザはちゃんと間に合わなくてはいけない――でも、シヴァさんに言われなくても、わたしたちはいずれそのことに気づいただろう。わたしたちどちらかは、ちゃんと授業についていかなくてはならないって。

わたしはがっくりとうなだれた。ファイザも、どういうことか今わかった、という顔をした。

「あのとき、先生は黒板を消すと、インドの独立にとって大切な年を書きはじめたのよ」

「わたしは、先生が黒板を消したあとに、教室に入っていったんだわ。ファイザ、どうしたらいい？

わたし、明日のテストの準備なんて、なにもできてないのよ！」

「でも、あなたはかしこいじゃない、ミンニ！ もうたくさん覚えているでしょ。でもあたしは、助けてもらえるならだれだっていい、助けてほしいわ。だから、教科書を取ってくるから、いっしょに勉強しましょうよ」

ファイザがもどってくると、わたしたちは勉強を始めた。ファイザが言うとおり、わたしはけっこうきちんと覚えていた。でも、細かいところや出来事の日付などは、疲れきった頭ではごちゃごちゃに覚えているところもあった。太陽がしずんでいく。海上大橋のライトがついた。わたしたちは暗記し、教科書を読み、問題を出しあった。わたしは、ファイザが速度と距離の問題を解くのを手伝った。

とうとう、真夜中近くに、ファイザのお兄さんが迎えに来た。

わたしは屋根裏にあがり、敷物にたおれこんだ。でも、疲れすぎていて眠れない。

ファイザは正しい。パソコン教室はおとぎ話の世界への扉をあけてくれた。でも、わたしは自分の現実を忘れていた。わたしの現実は、魔法とはかけ離れている。

24

テストの日の朝、わたしはぼんやりした頭で目を覚ました。一週間ほとんど眠れなかったのだから無理もない。

太陽が水平線の上にのぼり、あざやかな黄色や赤の朝焼け雲があちこちに見えるけれど、それを見てもいつものような元気は出ない。試験があろうとなかろうと、水はくまなくてはいけない。わたしは水を運び、時間を気にしながらも沸騰させるために、コンロになべをかけた。今日はちこくするわけにはいかない。

ファイザとわたしは、大通りで落ちあった。

「ガンディーが〈塩の行進〉をしたのは何年？」と、ファイザが問題を出した。

わたしがおびえた目をしたのがわかったのだろう、ファイザがこう言った。

「心配しないで。こんなのテストに出ないかもしれないし。ほかにも重要なことはたくさんあるから」

わたしはうなずいて、朝ご飯にしようと、家を出るときにつかんできたビスケットをひと口かじった。

教室に入りながら、ファイザが耳打ちした。

「一九三〇年よ」

「なにが？」と、わたし。

「塩の行進よ」と、ファイザ。

「静かに！　もう話してはいけません」と、シャー先生は言い、問題用紙を配った。

わたしは今まで、試験直前まで教科書にしがみつくとか、一夜づけでつめこむとか、そういうことはしてこなかった。そして今、きのうの夜に覚えたことを全然思いだせないんじゃないか、という恐怖(きょうふ)しかなかった。

シャンティが教えてくれたように、息を吸(す)って吐(は)いてをくり返してみる。問題用紙の文字がおどらなくなり、わたしはふしぎなほどに落ち着いてきた。一問目を読む。AとBの最短距離(きょり)を求めなさい、か。よかった！　これならわかる。

でも、すぐに、いつなにが起きたのかまだ覚えていない歴史の問題がたくさん出てきた。わたしはファイザのほうを見た。ファイザは、ハンカチでおでこをぬぐっている。わたしのおでこも汗(あせ)でびっしょりだ。それは暑さのせいだけではなかった。

授業が終わったあと、わたしはほかの生徒がいなくなるまで残っていた。シャー先生に説明しなくてはならない。なんの理由もなく勉強しなかったと思われたくなかった。わたしは先生に、母さんのこと、仕事のこと、そして水道のことを話した。

「あなたはずいぶんいろんなことをやってるのね、ミンニ」と、シャー先生が言った。「勉強に集中できなくてもおかしくないわ」

わたしのおなかが鳴った。わたしは自分が、朝ご飯ときのうの夕ご飯にビスケットを一枚ずつ食べたきりだということを思いだした。はずかしくて顔が真っ赤になった。

シャー先生はかばんをあけ、サンドイッチをくれた。

「チーズとチャツネのサンドイッチよ。もらってくれたらうれしいわ」

わたしは感謝しながらそれをもらった。

「今夜のうちに、あなたたちのテストを採点するわ。そうしたら結果がすぐにわかるから」シャー先生は約束してくれた。

ほんとのことを言えば、その必要はない——結果なんてわたしにはわかっている。

落第だ。

25

仕事に向かいながら、わたしは足首についたおもりを引きずるように、不合格、落第、落第生、という言葉を引きずっていた。

アニータ奥さまの家に入るとすぐ、奥さまに言われた。

「ミーナ、お茶をいれてちょうだい。一日じゅうショッピングしてきてくたくたなの。ああ、先にこの袋を全部わたしの部屋に運んでね」

奥さまは、疲れて打ちのめされたわたしの顔を見ることすらしなかった。

おしゃれなきれいな色の紙袋が、ソファーの横に並んでいる。いい香りすらしている。袋のひとつから、シルクのサリーが飛びでていた。

「はい、奥さま」わたしは答えた。

アニータ奥さまの部屋はエアコンが効いて、まるで冷蔵庫のようだった。わたしは紙袋を奥さまのベッドの足もとに置いた。ベッドの脇のテーブルに写真があった。写真のアニータ奥さまはとても若く、となりにいる男性はきっとピンキーのお父さんだろうと思った。おかしな話だけれど、この男の人を前に見たことがあるような気がした。

アニータ奥さまが入ってきて、ベッドにたおれこむように寝ころんだ。

「ミーナ。わたしにお茶をいれたら、ピンキーにヌードルを作ってやってくれる？　二週間後には試験があるの。勉強するには、エネルギーがいるのよ」

「はい、奥さま」

アニータ奥さまは、わたしも学校に行っていることを忘れているの？　わたしだって、なにか食べて勉強する必要があるってことを。奥さまはわたしのことを、だれかのために働くだけのロボットだとでも思ってるんじゃない？

ピンキーのおやつとして、わたしも大好きなスパイスの効いたヌードルを作りながら、母さんがいないことを、実際に体の痛みとして感じていた。母さんがここにいてくれたら、わたしの試験が二週間後にあることを気にかけて、わたしにヌードルを作ってくれただろう。

わたしが湯気の立つヌードルを部屋に持っていくと、ピンキーはパソコンで勉強していた。

「ありがとう、ミーナ」脇にヌードルが入ったボウルを置くと、ピンキーがそう言った。

わたしはうなずいた。この家の人は、ピンキーのほかにはだれも、わたしにお礼を言ってくれない。

ピンキーはフォークに麺を巻きつけた。

「けっこうあるね。あなたも食べない？」

わたしはそうしたかったけれど、そこまでバカではない。だから、お礼を言ってことわった。

「ミーナ。あなた、ときどきすごく悲しそうだよね。お母さんがいなくて、とてもさみしいんじゃないの？」

「とってもさみしいわ。母さんがいないとひっそりしてて。それに、このところ、父さんにもあまり会えてなくて。父さんは長い時間、働いているから」

「それはつらいね。あたしのパパも、いつも働いているよ」と、ピンキーが言った。「パパはこのところ、やりきれないほど仕事がたくさんあるって言ってるの」

ピンキーのお父さんは、家族にこんなマンションを用意できるのだから、すごい人物なのだろう。何台もの車、大理石の床、宝石、ひと部屋に一台ずつのパソコン付きだ。

「どうりで、まだ一度もあなたのお父さんに会ったことがないわ。ご両親のお部屋で写真を見たきりよ」

「あれはずっと昔の写真なの。パパは写真がきらいだから、この家にあるパパの写真はあれ一枚きりだと思うわ。二年くらい前に仕事でけがをして、顔に傷があるのよ」

「わたし、母さんの写真が一枚でもあったらよかったのに」わたしは、ピンキーに言った。「母さんが行ってしまってから何日たったかすら覚えていなくて、悪いなって思ってる」

「あたしも、あなたのお母さんがいなくてさみしい。あたしの髪を、あなたのお母さんくらいやさしくとかしてくれる人はいないよ」

わたしたちはふたりとも母さんのことを考えてにっこりした。そして、ピンキーが言い足した。「あたし、あなたのポニーテール、好きだよ」

「ほんとに？　母さんは、よく編んでくれてたんだけど。わたしはこうやってまとめるくらいしか、時間がなくて。学校でしょ、仕事でしょ、家のことでしょ」

「よくそんなにやれるね、ミーナ……」ピンキーはそう言うと、はずかしそうな顔をした。「あなたがそんなに働かなくちゃいけないなんて、申し訳ない気分だよ。あたしは勉強だけでやっとなのに。この紙に書いた年を全部覚えなくちゃいけないの、あーあ」

わたしはピンキーが差しだした紙を見た。それはインドの独立運動に関係がある年で、ファイザとわたしが暗記しようとしていたものと同じだった。

「わたしも、それを覚えなくちゃいけないの。問題の出しあいっこしない？」

「いいわね。でも、このヌードルをあなたとわけっこできるなら、よ。おばあさまは出かけているの」

わたしはキッチンに走っていくと、ボウルをもう一つ持ってきた。

ピンキーがヌードルをわけ、わたしたちはふたりで楽しく食べた。

もし、ピンキーと学校で出会っていたら、わたしたちはきっと友だちになっていただろう。

でも、この世界では、ピンキーとわたしが同じ学校に通うことはありえない。

26

校門でシヴァさんがわたしを待っていた。シヴァさんはわたしと目を合わせようとしなかった。いつもなら、にっこり笑ってあいさつしてくれる。父さんは元気か、なんて聞いてくれる。だから、アレッと思った。今日はちこくしていないのだから、なおのことだ。

わたしはすりへった階段を、おそるおそるあがった。シヴァさんがドアをあけると、そこで待ちかまえていたのは校長先生だった。校長先生は、のりが効きすぎて動きづらそうな白いサリーを着ていた。まるで銅像のようだ。両手をおへその前で組んでいる。わたしは胃がぎゅっとなった。

「ミーナ」校長先生は、人さし指をくいっと曲げてわたしを呼んだ。「わたしの部屋にいらっしゃい。シヴァ、あなたもです」

当たり前だけど、校長先生の部屋に呼ばれるというのはいいことのわけがない。うちの学校では、校長先生の部屋に呼ばれるのは、よほどまずいことが起きたときだけだ。

校長室に入りながら、クモの巣に飛びこんだハエになったような気分がした。

ガラスの天板の机の上にあるのは、小さな花びんとネームプレートだけ。校長先生は机の前に座り、シヴァさんとわたしはただその場に立っていた。どうしたらいいかわからなかったし、どうしたらいいか聞く勇気もなかった。校長先生は大人でさえもおじけづくような人だった。

母さんは一度だけ校長先生に会ったことがある。母さんは「あの方はわたしの心のなかをのぞきこみ、わたしが学校を中退していることも、教育を受けてないことも見ぬいたのよ」と言っていた。そのときは、そんなバカなとみんなで笑ったけれど、たぶん、母さんは正しかった。

事務室につながるドアがあいて、シャー先生が入ってきた。

ようやく、校長先生が口を開いた。

「シャー先生、わたくしは、あなたのクラスの生徒数名と話をしました。その子たちによると、ミーナはよくちこくをしてくるそうですね。あなたはそれを、わたしにかくそうとしてきましたね？」

「校長先生、これには事情がありまして」と、シャー先生が説明を始めた。「ミンニの母親が病気になり、実家に帰られているのです。ですから、今、ミンニは家のことをすべてしないといけないだけでなく、母親のメイドの仕事もかわりにこなさなくてはならないのです。学校に来て勉強しながら、です」

「それは本当ですか？」わたしのほうを見て、校長先生が言った。

わたしは、うなずいた。

「そうですか。ミーナ、あなたのお母さまのことは、とてもお気の毒に思います。すぐによくなられるよう祈(いの)っています」

校長先生の言葉を聞いて、わたしはほっとため息をもらした。校長先生はわかってくれた！

「校長先生、申し訳(わけ)ありませんでした。ミンニはまじめで勉強熱心な生徒です。力になってやりたいと思ってしまいました」と、シャー先生が言った。

「それはそうかもしれませんね、シャー先生。でも、ひとりだけちこくを許されるというのは、ほかの生徒にとっては公平とは言えません」ここで校長先生はシヴァさんを見た。シヴァさんは、すみませんでしたとつぶやいた。

「あなたの生徒がちこくしたために起きた問題については、わかりました。さて、こんな状態はもう続かないということでいいですね？　ミーナ、あなたは時間までに来る。間に合わなければ、学校には入れません。わかりましたね？」

アニータ奥(おく)さまのように、校長先生も返答は求めていなかった。さっと立ちあがると、わたしたちに部屋から出るように言った。校長先生ののりの効いたサリーが、耳ざわりな音を立てる。

これ以上の同情は望めなかった。

27

水の流れは、まるでつばを飛ばすよう。
つばを吐くよう、あえぐよう。
ちょろちょろと流れ、
茶色にそまり、にごっている。
ぽた、ぽた、ぽた、ぽた。
ぽた、ぽた、ぽた。
ぽた、ぽた。
ぽた。
バケツの四分の三は、空のまま。

水栓(すいせん)にかけられたマリーゴールドの花輪は、
しおれている。
でも、そんなの問題じゃない。
とっくにちこくしてるもの。
今じゃ、水くみは一日がかり。
わたしはどうなってしまうんだろう?

28

ムンバイは去年、おととしと、モンスーンの時期に雨がじゅうぶん降らなかった。だからこの時期——次のモンスーンまであと二か月くらい——には、ムンバイに水を供給している湖の水位が限界をこえてさがってしまった。今や、街のお金持ちへの水の供給まで減らされている。一日の後半に水が足りなくなるといけないので、アニータ奥さまはメイドのラタに、いくつかのおけに水をためさせていた。奥さまが同じマンションの人たちと、状況がこれ以上悪くなるようだったら給水車の水を買わないといけない、と話しているのが聞こえてきた。

市はすべての市民に節水を呼びかけている。でも、こんなに少ない水をどうやって節約するというのだろう？　とにかくわたしたちは一滴だってむだにはしていない。

シャンティは、ムンバイのわたしたちが住んでいるような地区——スラムと呼ばれている場所——には、市全体の水の五パーセントしか供給されていないと教えてくれた。それなのに、スラムにはムンバイの人口の約四十パーセントが住んでいるのだ。

「計算が合わなくない？」と、わたしは聞いた。

　シャンティは笑ってこう言った。

「この答えは計算では出ないわよ」

　今、朝の七時半すぎ。水圧が低すぎて水はほとんど流れてこない。母さんとサンジャイがいないので、このところ、水くみ用の容器は半分しか持っていかない。だから論理的に言ったら、水くみにかかる時間は減るはずだ。でも、どうやらこの答えも計算では出ないみたいだった。

　思ったよりおそくなってしまった。つまり、学校を休むことになる——でも、かえってちょうどいいかもしれない。不合格になるとわかっている理科のテストがあるのだから。

　今ごろ、ファイザは学校に着いているだろう。きのう、わたしが仕事から帰ると、ファイザがテスト勉強のためにノートを写した紙を持ってきてくれた。

「ほら」と言って、ファイザはわたしの手に紙を数枚押しつけた。

「あなたが学校にいないときも、わたしはいるから。ねえ、ミンニ、わたしが写したこの紙を見てよ——読みやすいように、きれいに書いてあるでしょ！」

　わたしはうなずいた——ファイザのやさしさに言葉も出ない。でも、夜、ファイザのノートの写しを読んでみても、全然理解できなかった。わたしはこの範囲の授業をたくさん休んでいた。シャー先生の説明なしでは、ノートはなんの役にも立たなかった。

大きな声がして、わたしははっとした。どうやら、路地を行ったところの共同水道から、おどろいたことに水が出はじめたらしい。わたしたちはみんな、バケツやポット、なべなどをひっつかみ、水くみの列に並んだ。

わたしの前には女の人が十人以上、すでに並んでいた。ひとりがわたしを見て言った。

「あなた、学校も行かずになにをしているの、ミンニ?」

わたしが答える前に、別のおばさんが言った。

「ロヒニが田舎に帰ってるんだよ。体調がよくないんだってさ。ミンニ、あんた学校をやめなきゃならなくなったのかい?」

おばさんたちはわたしにいろいろ聞いてくるくせに、わたしが答えるのを待たないというのがおもしろい。

「それも悪くはないさ。あたしゃ、七年生で学校をやめたよ」

「十六歳になったら結婚できるからねえ。肌がきれいなうちにさ」

「男は頭がよすぎる女の子とは結婚したがらないもんだよ、どっちみち」

「そのとおり」

わたしは逃げだしたかった。でも、水は必要だ。

「あんたは朝から晩までしゃべってるって、ロヒニから聞いてるよ。今日はどこに舌を置いてきたんだい」ひとりのおばさんが聞いてきた。

兄さんの友だちのラティカがやってきて、この会話を聞いていた。ラティカはわたしの味方をするように肩に手を置いた。おばさんたちは、自分たちの言葉がわたしを動揺させるかもしれないなんて、思ってもいない。それは、ラティカもわたしもわかっていた。そして、わたしがなにを言おうと、結局は誤解されるだろうということも、わかっていた。

「でも、わたしたちのミンニはかしこいからね。学校でも成績がいいんだよ」

「だとしても、自分があたしたちよりかしこいって思わなきゃいいんだけどね。教育を受けすぎて、あたしたちとつりあわなくなったりしないでおくれよ、ミンニ」

「ラティカをごらんよ——あの子は交差点の信号のところで雑誌を売ってる。家族を助けて生活費をかせいでるんだ。娘のかがみっていうやつだよ」

おばさんたちはまるでハゲワシで、わたしはそのえさとなる動物の死骸だった。わたしの泣きだしそうな顔に気づいたラティカが、小声でささやいた。

「あの人たちは、自分がなにを言ってるかわかってないの。無視するのよ」

わたしは無視しようとした。でも、むずかしかった。ようやく、わたしの番が来た。ラッキーなことに、ふたつのバケツを手早くいっぱいにすることができた。

わたしの次はラティカだ。

わたしは、ラティカを待っていた。ラティカは水をくみ終えるとわたしににっこりほほ笑み、いっしょに歩きはじめた。

おばさんたちは、おもしろくてたまらないというように笑った。

「あの人たちはただたいくつで、そして、ちょっとやきもちを焼いてるのよ。わたしはあなたのお母さんのこと、あなたが今日学校に行きそびれたこと、気の毒に思ってる。ところで、わたしといっしょに働いてみる？　わたしがいつも組んでる子が、今日はやれないって言うの」

わたしは、ラティカのまじめな顔を見た。

ラティカといっしょに行けない理由はなにもない。だから、わたしは「やるわ」と答えた。

29

ラティカはわたしに、雑誌をひと束わたした。わたしたちは、高速道路のたもとに陣取った。ここなら、高速道路をおりてきた車は一旦停止しなくてはならない。信号が青に変わる前に、ダッシュで雑誌を売りに行くのだ。ほんの数分しかない。わたしは何台もの車にアピールしてみたが、だれひとり雑誌を買ってくれなかった。みんな、車の窓をしめて、虫でも追いはらうように手をふった。

ラティカがわたしを脇に引っぱっていった。

「表紙に女神みたいなボリウッドスターがのってる雑誌が、いちばん早く売れるの。だから、それを上にのせておくのよ」

ラティカに言われたように、雑誌の重ね方を変えた。すると、ラティカの言うとおりだった！　雑誌が一冊売れ、その男の人はおつりは取っておいていいと言ってくれた。五ルピーくらいあった。ラティカは、わたしがもらっていいと言ってくれた。売店のおじさんにわたさなくていいのだ。

でも、そのあと一時間くらい、雑誌は全然売れなかった。早く飛びだしすぎて、一台の車がわたしの足ぎりぎりのところをすりぬけていった。ドライバーはクラクションを鳴らし、わたしは手がふるえるあまり雑誌を全部落としてしまった。

ラティカは暑くて汗をかいているのに、満面の笑みをうかべている。近づきすぎてこわいはずなのに、車までスキップしていく。話すときはかわいらしく首をかしげている。たとえ一分後には疲れて肩を落としているときでさえ、だ。ラティカには、うその幸せエネルギーがたくさんあった。気温が三十二度もあって、おぼれそうなくらい湿度が高いのに、ラティカはどうしてあんなににこにこしていられるのか、わたしにはわからなかった。ラティカはいったいどうしたら、こんなことを来る日も来る日もやり続けていられるのだろう？

信号の合間に、ラティカとわたしは歩道の縁石に座りこんだ。ラティカが、道路の向かい側にいる腰に赤んぼうをかかえた少女を指さして言った。少女は、お寺にそなえるジャスミンの花輪や小さな花束を売っている。

「みんな、ほかの子よりあの子から買うのよ。赤んぼうがいるから、気の毒に思うのね」

その少女は、ラティカやサンジャイよりほんのちょっとだけ年上に見えた。十六歳か十七歳くらい。

昼ご飯までに、わたしはもう数冊雑誌を売った。そして、ふたりで最初にわたされた雑誌を売り切った。わたしたちは雑誌をもっと取りに、道を横切って売店まで行った。売店のおじさんはわたしたちに、もうひと束の雑誌と、おじさんの奥さんが作った食べ物の包みをわたしてくれた。

「なんていい人なの、ラティカ」

「あの人はとても気前がいいの。ご飯を持ってきてくれることが多いし、それに、おいしいわ」

包みのなかのウプマ（あらくひいた小麦粉などの炒り煮）をひと口食べてみて、本当にそのとおりだと思った。

「あなたが今日わたしと来るなんておどろいたわ、ミンニ。だって、あなたにはほかに夢があるって知ってたから」食べながらラティカが言った。

わたしは正直に話すことにした。母さんがいなくなってから、いろんなことがむずかしくなっているんだと言った。

「今日、学校に行くのがこわかったってこともあるの。テストがあったのよ。授業を受けてないと、理科はよくわからないのよ。なのに、わたし、たくさん休んじゃって。だから、学校に行ってテストで不合格をもらいたくなかったの」

「わたしも、学校に行くのはむずかしかった。だからやめたんだけれど」と、ラティカが言った。「わたしは字が読めないからバカだって、みんな思ってるわ」

「あなたは頭がいいわ。いろんな人とうまくやっていくことを知ってるし、計算も得意じゃない」
「そうね。でも、わたしが文字を読もうとすると、文字がページの上でおどりだすのよ。わたしには特別なクラスが必要だって言われたわ。だけど、近くでそのクラスを受けられるところはなかったから、どうしようもなかったの。でもね、あなたはちがう。明日は学校に行くって約束して。わたしがあなたの分も水をくんであげるから」

ラティカの言葉に胸がぎゅっとなった。学校をやめるほうが残るよりかんたんだと考えていたことが、うしろめたい。今日一日、ラティカといっしょに雑誌を売ったことで、わたしが知っているたくさんの人がどれだけ大変な思いをしながら働いているか、気づくことができた。ナンやピクルスやお菓子を、熱い火を使って作っているおばさんたち。せま苦しい部屋でミシンにへばりつき、一日じゅう服をぬっている人たち。危険な化学薬品を使ってなめし革の工場で働いている男の人や男の子たち。もしくは、わたしの父さんのように、朝から夜おそくまで食べ物の屋台で働いている人たち。ほとんどの場合、もらえるお金はとても少ない。それもすべて、教育を受けていないからだ。

わたしには、家族や友だちに対し、あきらめないという責任がある。

わたしはラティカに、明日は学校に行くと約束した。

30

もう少しで家に着くというときに、ラティカの友だちのアイシャと出会った。

「今日は雑誌、たくさん売れた？　ミンニ、あなたがラティカと働いているとは知らなかったわ」と、アイシャが言った。

「今日だけよ」わたしはボソボソと言った。

アイシャがラティカの手をつかんで言った。

「ラヴィさんのこと、聞いた？」

わたしは立ち止まって、アイシャを見つめた。これまで、あの水どろぼうの夜のことは考えないようにしてきた。アイシャがラヴィさんの名前を出したことで、あの夜の暗闇と恐怖が一気によみがえってきた。

でも、ラヴィなんてよくある名前だし――うちの地区に住んでいるラヴィがひとりとは限らない。

きっと早合点だ。

わたしは用心しながら聞いてみた。

「ラヴィって、どのラヴィさん？」

「役所で働いているラヴィさんよ——市場近くの細い道の向こうぐらいに住んでたわ」

わたしは胃がぎゅっとなった。

「その人なら知ってる。いい人よね。なにがあったの？」と、なんとか聞いた。

「それがひどい話なの。川の近くの排水路のなかで見つかったのよ。あたしの母さんはラヴィさんのお母さんをよく知っているんだけど、そりゃもう、お父さんもお母さんもひどく悲しんでる。ラヴィさんが役所の仕事についたことをとても誇りに思ってたしね」と、アイシャが言った。

「なんてひどい。わたしもラヴィさんのお母さんのことは知ってる。わたし、母さんといっしょにあとでおみまいに行ってくるわ」と、ラティカが言った。

「とても悲しい話ね」と、わたしも言った。ラヴィさんが守ってくれて、サンジャイとアミットは本当に運がよかった。ふたりはラヴィさんにものすごく感謝しているのに、今となってはそれを伝えるチャンスはない。

車と人でごった返す道路をわたって家のほうに向かいながら、わたしはいろんなことを思って泣きたくなった。

「このことでうわさ話をしちゃだめだって、母さんには言われてるんだけど、でも、信じられないようなうわさがあるのよ。ラヴィさんが死んだのは、有毒な自家製アルコールを飲んだからだって」と、アイシャが言った。

「教えてくれてありがとうね」と、ラティカが言った。

頭のなかでいろんな思いが、ぐるぐるとうずを巻く。サンジャイは家に帰ってこられるということ？ラヴィさんはサンジャイとアミットを助けてくれた人――でも同時に、ふたりがだれかを知っていた。もうラヴィさんはいないわけだから、ふたりのことがばれる心配はないんじゃないの？

これが、この悲しい知らせが持ってきてくれた最高の結果かもしれない。

31

真っ昼間に父さんが家にいるなんて、いいことが起きたしるしのわけがない。だから、家にいる父さんを見て、わたしは心配になった。父さんが家にいるということは、店を閉めてきたか、だれかに見ていてくれとたのんできたかのどちらかで、どちらも父さんはやりたがらないことだ。

なにか大変なことが起きたにちがいない。

よく見ると、ラムおじさんまでいた。アミットとサンジャイがここを出なくてはならなくなったとき以来だ。たぶん、おじさんもラヴィさんのことを聞いたんだ。サンジャイとアミットをもどそうっていう相談？　ラヴィさんが死んだことをあまり悲しんでいないなんて、わたしは自分勝手だなとも思う。でも、心のどこかで希望が顔を出すのを感じていた。

「父さん。ラヴィさんのこと、聞いた？」

「ああ、聞いた」と、ラムおじさんが、しかめ面をしたまま言った。「だから、ここに来たんだ」

「ラヴィさんはよくないお酒を飲んで死んだって、みんな言ってる」

「だれがおまえにそんなことを言った？」父さんとラムおじさんが、たがいをちらりと見た。父さんの口調を聞いて、アイシャの情報はほんとだったのかなと疑いたくなった。

「だれが言った？」父さんがもう一度聞いた。

「ラティカの友だちのひとりよ」

父さんは、まるでせまいおりに閉じこめられて逃げだしたくてたまらない動物みたいに、小さい部屋をぐるぐる歩き回っていた。

ラムおじさんが言った。

「ラヴィは酒を一滴も飲まないって知ってるよな？　やつは絶対禁酒者なんだ」

父さんが、どかっと座りこんだ。

「あいつは、寺で誓いを立ててる」

「じゃあ、ラヴィさんはどうして死んだの？　ラヴィさんはまだ若くて健康だった。それに、お酒を飲んでなかったのなら、どうしてみんなは、ラヴィさんは酔っぱらって死んだって言ってるの？」

「それは、死人に口なし、だからだ」と、父さん。

「ラヴィはいいやつだったと、だれもが言っている」と、ラムおじさんが言った。「だが、たぶん、ラヴィは悪い連中にさそわれたんだろう。おどされていたのかもしれん」

わたしはふるえた。あの夜、ラヴィさんがいっしょにいた人たちが、その悪い人たちだったにちがいない。

ラムおじさんは、わたしの心を読んだようにこう言った。

「うちのぼうずたちがラヴィを見たあの夜、やつがつるんでた相手はいい連中ではなかった。やつはまちがいをおかしたんだろう。悪い連中とかかわりを持ってしまったんだ。でも、そこからぬけようとしたのかもしれん」

「そうだ」と、父さんがうなずいた。「そして、ぬけようとして、いちばん大きな代償を払わされたんだ」

水マフィアって、こんなに危険なんだ。自分たちと自分たちがおかした犯罪を守るためなら手段を選ばないなんて、この怪物たちはどういう人たちなのだろう？

「サンジャイとアミットが帰ってこられるんじゃないかって思ったんだけど」と、わたしはぼそぼそと言った。

ラムおじさんが笑った。

「とんでもない。ぼうずたちを逃がしたのは正しかったと、おまえの父さんに言うためにやってきたんだ。あの子たちは、しばらく帰ってくるべきじゃない。ラヴィがだれになにをしゃべったか、わかったもんじゃないからな」

　わたしは、悪いものは見ない、悪いことは聞かない、言わないという、父さんの教え――〈見ざる聞かざる言わざる〉――を思いだした。でも、わたしたちは、悪いものを見ようとして見たわけじゃない。たまたま、出くわしただけ。だけど、好奇心が強すぎた。だから、悪いことに食いつかれてしまったんだ。

「どうして警察はやつらを見つけられないの？　罰しないの？」と、わたしは聞いた。

「やつらは力がありすぎる。だから、警察は知らん顔をしているんだ」と、ラムおじさんが言った。

「やつらは金で、わいろで、報復で人々を支配している。やつらと闘うのは、不可能に近い」

32

アニータ奥さまの家で働きながら、午後いっぱいずっとサンジャイのことを考えていた。ほこりを払い、床をはいてモップをかけ、アニータ奥さまの足をマッサージしているときでさえ、考えていた。わたしは、サンジャイと話す必要が、サンジャイが「おしゃべりミンニ」と呼ぶ声を聞く必要があった。兄が無事だと確認するためにも、兄の声を聞く必要があった。

アニータ奥さまは、わたしの様子に気づいていた。

「ミーナ、だいじょうぶ？　お母さんとは話しているの？　お母さんの調子はどう？」

「はい。よくなっているようです。母さんが早く家に帰ってこられるといいなと、祈っています」

「わたしたちも祈っているわ」と、奥さまが言った。「わたしたちもね！」

ロティの生地を作りはじめたときに、後ろに人が立っているのに気づいた。

ピンキーのおばあさんだった。おばあさんは前かがみになり、腰に手を当てて、宣言するように言った。

「粉にオイルが足りないよ」

わたしは手がふるえた。母さんに教えてもらった分量は入れてある。だから、どうしていいかわからなかった。

わたしはアニータ奥さまのほうをちらりと見た。でも、奥さまはなにも言ってくれなかった。

「もっとオイルを足して」おばあさんが、命令した。

両手がふるえたまま、わたしはオイルをスプーン一杯量り、粉に加えた。

「そして、五分は生地をこねないといけないよ。なまけるんじゃない。だから、おまえのロティはあんなにかたいんだよ」

ピンキーのおばあさんはそこに立ちつづけ、わたしが生地をこねている間、片足でコツコツと音を立てていた。わたしがこねる時間を計っているの？

少しして、わたしはまたアニータ奥さまのほうを見た。

今回は奥さまがこう言ってくれた。

「お義母さま、ミーナはがんばっています。テレビでも見ていらしたらいかがですか？」

「わかったよ。でも、その娘は覚えなきゃならないことがいっぱいあるよ」おばあさんはそう言うと、大きな音を立ててキッチンから出ていった。

アニータ奥さまに目でお礼を言って、わたしはようやく楽に息ができるようになった。ロティは、ずっとやわらかくなった。母さんはよくこう言っていた。経験を積んだ料理人は、よぶんな油を使わないって。でも、わたしは母さんとは比べものにならないくらい下手くそだ。いつか、母さんくらい上手になれるのかな？

わたしがサンジャイのことばかり考えていることが、どうやらサンジャイに伝わったみたい。その夜、電話をかけてきてくれた。

「おしゃべりミンニ！」兄さんの声が耳に飛びこんできた。その声は喜びと誇りにあふれている。

「今日、アミットの親せきやその友だちに料理を作ったんだ。おれの特製チキンカレーと、ほら、例のオクラの料理。すげえ気に入ってくれたんだよ！」

「もちろん、気に入るわよ。わたしだって、今すぐ食べたいくらい！　兄さんが最後にレストランから残りものを持ってきてくれたときのこと覚えてる？　兄さんお得意のカレーだった。すごくおいしかったよ」わたしは、大して前の話ではない、でも、果てしなく前の話にも思える夜のことを思いだしていた。

サンジャイが笑いだした。

「おまえが指までなめてたことを覚えてるよ」

思いだすだけで口のなかにつばがわいた。

「晩飯になにを食ったんだ？」

「サンジャイが作ったチキンカレーじゃないわ」

「ミンニ、ちゃんと食えよ。いいな？　やらなきゃいけないことがたくさんあるんだろ？」

「それも全部お皿の上にのってるって言いたいの？　食べ物だけじゃなくて」わたしはからかうように言った。サンジャイが笑ってくれると、心が軽くなった。

電話を切る前に、サンジャイが、農場で採れる新鮮な材料を使って料理をするのはすごく楽しいと言った。サンジャイがあまりに楽しそうなので、わたしはラヴィさんが死んだことを知らせて楽しい気分を台なしにしたくないと思った。でも、早く知らせておいたほうがいいと思い、話すことにした。どうせ父さんかラムおじさんから聞くに決まっているからだ。

それに、〈見ざる聞かざる言わざる〉という父さんの教えは、いつもそうできるわけでも、役に立つわけでもないと、わかってしまった。どうやったって、悪いことは起きるものなのだ。

サンジャイはわたしの話を聞いた。そして、わたしが話し終わると、重いため息をついた。

「かわいそうなラヴィ。おれは最初、父さんたちがどうしておれたちを遠くにやったか理解できなかった。大げさだと思ったんだ。でも、今ならわかる。おれは、アミットもおれも、ラヴィみたいな終わり方をしたくない」

　わたしはそれを想像してふるえた。今日の午後、サンジャイがそろそろ家に帰ってくるかもなんて想像していた自分が信じられない。今のわたしは、サンジャイが遠くで安全にしていられることに感謝していた。

33

次の朝、わたしは太陽がのぼる前に起きた。寝起きのはれぼったい目をこすりながら、外に出て水をくむ。家に帰ると、ラティカが手伝いに来てくれていた。水をわかしておいてくれると言う。

「さあ、学校に行って、ミンニ。わたしのために、そしてあなたのために」

わたしはラティカにキスをすると、家から飛びだした。

いつもの場所でファイザと会おうと、わたしはダッシュした。ファイザがいた！　ファイザはわたしを見るなり、ぎゅっと抱きついてきた。

「ミンニ、来れたのね」

シヴァさんは学校に来たわたしたちを見て、こう言った。

「ミンニとまた学校で会えてうれしいよ」

「わたしも。これ以上休まないように、もっとがんばるつもりです」

わたしを見ておどろいている女の子たちのそばを通りすぎると、そのひとりが言った。

「ミンニ、あなた、今は使用人として働いてるんだとばっかり思ってたわ」

「ずっと働いてるっていうわけじゃないの。ちょっと余分なお金がほしくて」わたしは、さらりと返事をした。自分で自分が誇らしかった。きのうまでのミンニなら、自分のことをまわりにとやかく言われて、動揺しただろう。でも、こんなのはささいなことだ。もっともっと心配なことが山ほどあるのだから。

シャー先生が、わたしに小さく手をふってくれた。わたしも、ふり返した。先生が出席を取りはじめ、「はい！」と大きな声で返事をした。先生は、とびきりの笑顔を見せてくれた。

シャー先生が黒板に算数の問題を書く。チョークがキシキシと音を立てる。それを聞くのが気持ちいい。ページをめくるカサカサという音を聞き、通路の向こうでファイザがノートにおおいかぶさるようにしているのを見るのも心地いい。

えんぴつをけずり、シャー先生が配る問題を解くのもうれしい。頭がシャキッとしている。「さあ、またやるぞ」という感じだ。

黒板消しをきれいにしようとシャー先生がたたいてほこりを立て、くしゃみが出ちゃうことすらも、うれしい。

一日の授業の終わりに、シャー先生がわたしを呼んだ。

「あなたが学校にもどってきてくれてうれしいわ、ミンニ。もどってこないんじゃないかと心配してたの。あなたも、ほかのたくさんの子どもたちのようにやめてしまうんじゃないかって。あなたのお母さんがもどっていらっしゃるまで、なにかわたしに手伝えることあるかしら？」

わたしはなにも思いつかなかったので、首を横にふった。

「そう。もし、理科のことで助けが必要だったら、授業のあとで喜んで説明するわよ」先生はそう言うと、わたしの肩に手を置いた。「聞いて。わたしも子どものころ、学校に行きながら働かなくてはならなかった。あなたと似たような環境で育ったの」

ほんとに？　そんなこと、想像すらしてなかった。

「わたしたち働く女の子は、おたがい助け合わなくっちゃね」シャー先生が言った。先生のやさしさと心配りに、熱いものがぐっとこみあげた。

「ミンニ、あなた、夜に水をわかすって考えたことある？　ファイザが言ってたけれど、朝に水をわかしているからおくれるんですってね」

「そうですよね。学校と仕事が終わったあとだと疲れすぎてるって思ってたんです。でも、少なくとも、朝よりは時間があります」

どうしてこのことを思いつかなかったんだろう？　母さんがいない今、うちで昼間に水が必要な人は、実はいない。わたしはいつもへとへとだったり、急いでばかりだったりで、ほかにも見落としていることがあるかもしれない。
「解決できることがたくさんあるかもね、ミンニ」シャー先生が言った。「ひとつひとつ乗りこえていきましょう。一日一日が小さな勝利。それをお祝いしましょう」

その夜、わたしはシャー先生がかつて、わたしみたいに貧しい子どもだったということを考えていた。先生はここまでがんばってきたんだと思うと、希望がわいた。でも同時に、ラティカやわたしみたいな子たちが、学校に残れるようにもっとサポートを受けられますようにと願った。詩が形になりはじめ、わたしはノートにそれを書いた。

数字はうそをつかないと、人は言う。
母さんは、五年生で学校に行かなくなった。
父さんは、六年生で学校をやめた。
ナンおばさんは、四年生が終わったら、家にいなくてはならなかった。

ラティカは、六年生が終わってから家にいる。
数字はうそをつかないと、人は言う。
でも、みんな、いつもなっとくしているの？
この人たちはみんな、ほんとに落ちこぼれたの？
それとも、押しだされたの？
みんなの人生に、選択肢はあったの？
数字はうそをつかないと、人は言う。
でも、数字は物語を語れるの？

34

ピンキーの家に入るとすぐ、いつもとちがうと感じた。ダイニングテーブルがセットされていて、キッチンではもうごちそうの準備が始まっていた。アニータ奥さまは全身おしゃれをして、ヤギ肉のカレーのなべをかきまぜている。

「これは夫の好物なの」

「だんなさまがいらっしゃるのですか？」

「そうよ。おそいランチを食べに帰ってくるの」

わたしはこれまで、アニータ奥さまの部屋にあるあの写真以外で、ピンキーのお父さんを見たことはなかった。

「今日のロティは、あなたのお母さんが作るのと同じくらい完ぺきなものじゃないとだめよ。すぐに生地に取りかかって。わたしたちが座る直前に焼きはじめなさい――夫は焼きたてのアツアツが好きなの」

わたしはうなずいて、生地をやわらかくするために多めにオイルを入れた。その間にも、ラタとアニータ奥さまはキッチンを動き回って、ヤギ肉のカレーや野菜、ライタ（ヨーグルトを使ったサラダ）、ご飯、油で揚げたパパド（豆などの粉でできた薄焼きせんべい状のもの）がちゃんと準備できているか確認していた。アニータ奥さまはすべての料理を味見して、まるで自分の夫が王さまかなにかみたいに、スパイスや塩のわずかな調整までしていた。

ピンキーのお父さんが帰ってくると、わたしはロティを焼くために、コンロに火をつけるように言われた。この数週間でだいぶ上達したとはいうものの、母さんのスピードにはおよびもしない。わたしは、母さんの話を思いだしていた。ピンキーのお父さんのために、母さんの両手がロティの生地を次から次へと完ぺきに円くのばしていく様子を話してくれたことを。母さんは、喜んだだんなさまがチップをよくくれると言っていた。それはすぐに貯金箱行きになる。

わたしはやってみた。でも、わたしはそんなに速くロティを薄くのばすことができない。ぶあつくてでこぼこしたロティになってしまった。でも、ラタはそれにギーを薄く塗ると、キッチンのとなりのダイニングルームに急いで持っていった。

アニータ奥さまの声が聞こえてくる。

「ロティをもうひと皿持ってきて」

もう二、三枚焼きながら、わたしはひどく汗をかいていた。上手に作れない——完ぺきな円形にならないのだ。

ラタがもどってくると、心配そうな顔をして、そっとささやいた。

「ミーナ、だいじょうぶ？」

おばあさんの声が聞こえてきた。

「こんなロティは、わたしの息子に食べさせられないよ。ひどいもんだ。かわりに米を食べよう」

わたしはほっとして、コンロの火を消した。

数分後に、アニータ奥さまに呼ばれた。

「ミーナ、プディングを持ってきてちょうだい」

ラタが、きれいなトレイにレースの敷物を敷き、その上にプディングのうつわを置いた。わたしは注意しながらトレイを持ちあげると、ダイニングルームへ入っていった。

ピンキーがわたしを見て、にっこり笑った。お父さんが家にいて、うれしいにちがいない。

でも、ピンキーのお父さんはうれしそうじゃなかった。

「あいつがあのロティを作ったのか？　おまえは近ごろ、こんな使用人を雇っているのか？」と、アニータ奥さまにどなった。

「わたしはずっとそう言ってたんだよ」おばあさんが口をはさんだ。

ふり返ったわたしはピンキーのお父さんの顔を見て、そのほおの白い傷あとに気がついた。それはあの夜、サンジャイとアミットを線路ぎわまで追いかけてきた男の顔にあったのと同じものだった。

わたしはまるで催眠術にでもかけられたみたいに、男の傷を見つめた。

すると、男がわたしをじろりとにらんだ。

「おまえ、なにを見てるんだ？　どこかで会ったことでもあるのか？」

わたしはなんとか首を横にふった。

「いいえ、だんなさま」

その男の顔は赤く、こめかみの血管がピクピクと脈打っている。

「おい、おまえは給仕する気があるのか？　それとも、そこでつっ立ってるつもりか？」

男の声はわたしの背筋をぞわぞわとはいのぼり、息をつまらせた。前にもこの声を聞いたことがある。何度も何度も悪夢のなかで。声はいつも耳ざわりでしわがれていて、やがて線路を疾走してくる列車の音にかき消される。列車がサンジャイをひく寸前に、わたしは目を覚ますのだ。でも、これは悪夢ではない。現実だ。そして、ピンキーのお父さんが……あの男なんだ！　夜中に水を盗んでいた犯罪者。

そして、おそらく、ラヴィさんの死に関係している男。

プディングのうつわがわたしの両手からするりとすべり、床に落ちた。牛乳たっぷりのデザートが部屋じゅうに飛びちる。ガラスのうつわはこなごなにくだけ、刺さったら切れそうな破片が飛び散った。アニータ奥さま、ピンキーのおばあさん、そしてだんなさま、全員が飛びあがった。わたしが熱い石炭をばらまいたみたいに、だれもがさけび、悲鳴をあげた。

ピンキーのお父さんが怒って部屋を出ていき、おばあさんはガラスの破片をふんだ。

「ラタ、ラタ。手伝ってちょうだい」と、アニータ奥さまが大声で呼んだ。

わたしが片づけようと動きだしたとき、アニータ奥さまがわたしを追いはらった。

「帰って。帰ってちょうだい。もうたくさん」

わたしはちらりとピンキーを見た。ピンキーは目を見開き、ショックのあまり両手で口をおおっていた。はずかしいところを、ピンキーに見られてしまった。

わたしは向きを変えると、できるだけ速く走ってマンションを出た。そして、家の近くまで来てようやく足を止めた。

今日は、シャー先生が言っていたような小さな勝利なんてとんでもない。わたしは、モンスターと直面したのだ。

35

家に帰るかわりに、わたしはまっすぐファイザの家に向かった。ファイザは、あの夜わたしといっしょにいて今もムンバイにいる、あの日のことを話せるたったひとりの相手だった。

ファイザの家が近づくと、わたしは大きな声で呼んだ。

「ファイザ！　ファイザ！」

ファイザのお母さんが外に出てきた。

「ミンニ？　なにかあったの？」心配そうな顔をしている。

「なんでもないです」わたしはうそをついた。「なんでもないんです」

たとえわたしの人生が、嵐が起きたみたいにがらっと変わることになったとしても、いつもどおりにふるまわなくてはいけないんだ。

ファイザのお母さんは心配そうにわたしを見ると、ファイザを呼んでくれた。ファイザはわたしの目を見てパニックを起こしていると理解すると、落ち着いてかばんを持ち、「ミンニの家で勉強してくるわね」と言った。

ファイザのお母さんに聞こえないところまで来ると、「なにがあったの？」と、ファイザが聞いた。

わたしはふるえていた。

「わたし、あの夜のボスに会ったの」

ファイザは立ち止まった。

「なんですって？　どこで？」

わたしはファイザの手をつかんだ。

「ファイザ、こんな話信じないだろうけど、ボスはピンキーの家に住んでるの」

ファイザが、「あなた、頭でもおかしくなったんじゃないの？」とでも言いたげな目でわたしを見た。

「あのボスは、ピンキーのお父さんだったの」

わたしは、ファイザがわたしの言葉を理解するのを待った。ファイザはわたしを見つめつづけた。わたしはうなずいた。

「あの男が、ピンキーのお父さんなのよ。アニータ奥(おく)さまの夫」わたしは、自分自身とファイザに言い聞かせるようにくり返した。

「ほんとに？　そんなこと、ある？」

「まちがいないわ。ピンキーのお父さんはビジネスマンじゃなかった。水マフィアだった。よくいる強盗」

「強盗があんな高級マンションに住んでるなんて」ファイザが続けた。「ほおにあの傷はあった？」

　わたしはうなずいた。

「それに、あの耳ざわりな声。せきでもするみたいな」

「でも、向こうはあなたのこと、わからなかったんでしょ？」

「わからなかったと思うわ。あのとき、ボスはサンジャイとアミットは見ていた。でも、わたしたちは暗がりにいたから」

　ファイザは息を吐いた。そして、わたしをぎゅっと抱きしめた。

「ミンニ、もしあなたまで危険な目にあったら、どうしていいかわからないわ」

「そんなことにはならないと思うけど。でも、わたしが見ているのに気づいて、ピンキーのお父さんは、どこかで会ったことがあるかと聞いてきたの。もちろん、会ったことはないって言ったんだけど……」

「そいつが思いださないように祈りましょう」

「わたし、母さんの仕事をなくしちゃったかもしれない。あんな騒動を起こしちゃったんだもん！　母さんはすごくあわてると思う。アニータ奥さまとあの仕事をすごく当てにしてたから」

「その人たちは、あなたに、もう来るなって言ったの？」

「ううん。でも、ピンキーのお父さんはどなって出ていっちゃったし、おばあさんは、割れたガラスをふんじゃったと思う。アニータ奥さまはもう帰ってって言ったし。奥さまは、これ以上わたしになにかこわされたくなかったんだと思う」

ファイザは笑いをこらえようとした。

「ああ、ミンニ。こんなに深刻な話でなければ、おかしくて笑っちゃうところなんだけど。それに、あのいじわるばあさんは、いい気味だわ。あたし、あなたは仕事に行くべきだと思う。望みを捨てちゃだめよ。ピンキーのお父さんは、たぶん留守なんでしょ？」

「いないと思う。でも、あの人が犯人だとわかった今、わたしはどうしたらいいのかしら？」

「あたしたち、注意したほうがいいわ。すごく注意しないと。ラヴィさんになにが起きたか、思いだして。よく考えないとね。でも、まずはだれにも言わないことね」

ファイザは、おばあちゃんからもらった魔よけのお守りがついた黒いひもを首から外した。そして、

「とりあえず、これをつけて」と言うと、そのお守りをわたしの首にかけてくれた。

「ありがとう、ファイザ。あなた以上の友だちはいないわ」

本当なら勉強していないといけなかったけれど、興奮しすぎたわたしたちは、シャンティの家まで歩

いていった。

シャンティは、笑顔で迎えてくれた。

「試験が近いから、あなたたちにはしばらく会えないと思っていたわ」

「ひと休みしようと思って」と、ファイザが言った。

「それに、本を読んでちょっとふしぎに思ったことがあったの。ふつうの人が、すごく権力のある人をやっつけることはできると思う？」と、わたし。

「もちろんよ。おろかなライオンの話を覚えてる？」と、シャンティが言った。

「覚えてるわ」と、ファイザが言った。「ライオンが動物たちに、えさとして自分を差しだせと命令するのよね？　さもなきゃジャングルをめちゃくちゃにするぞ、と」

「動物たちはその命令に従って、やがて、ウサギの番が来た」と、わたしが続けた。その話が頭によみがえってくる。ウサギはおくれてやってくると、もっと大きなライオンからなんとか逃げてきたと言い、ライオンを怒らせた。年取ったライオンはそのもっと大きなライオンに会わせろと言い、ウサギはライオンを深い井戸に連れていった。おろかなライオンは、水面に映った自分を見てそれに飛びかかり、井戸の底へと落ちていった。

「わたしに話しておかなきゃならないライオンがいるの？」シャンティが言った。

ファイザがすぐに返事をした。

「いないわ、シャンティ」

でも、シャンティはかしこいので、わたしたちがなにかかくしているとわかったようだった。

「もし困ったことが起きたら、いつでも力になるから」と、言った。

わたしたちはシャンティを、めんどうなことに巻きこみたくなかった。あの夜やピンキーのお父さんの正体についてくわしい話をするということは、シャンティを巻きこむことになる。

わたしは、ジャングルの王をうまくだましたウサギのように、かしこくならなくてはいけない。物語のなかでは、ウサギはライオンをだますことができたけれど、これは現実の世界なのだ。ピンキーのお父さんは年取ったライオンのようにバカではない。むしろ、ずるがしこい。

でも、ライオンの話は、力がつりあわない相手と戦うとき、弱い人間は知恵を使って勝つ方法を見つける、ということを思いださせてくれた。そうやって勝った人はこれまでにもいただろうし、これからだってそういうことは起きるはず。

36

パソコン教室に行っても、ピンキーのお父さんのことが頭から離れなかった。

サンジャイはきのうの夜、電話をかけてきた。サンジャイも、わたしたちが落ち着いて、時間をかけて解決方法を見つけることに賛成だった。

「ミンニ。またすぐ電話するから。バカなことだけはするなよ。やつは、お前をアリのようにふみつぶすのなんて、朝飯前なんだからな」

「ありがとう、サンジャイ！」そう言ったものの、わたしはもうアリになった気分だった。だから、だれかにふみつぶされる想像はするまでもなかった。

「ミンニ！　今日は心ここにあらずっていう感じね」と、プリヤ・ディディが言った。

「すみません」わたしはそう言うと、集中しようとした。

今日、ディディは、アプリは生活のいろんなことをかんたんにし、問題を解決する手助けをしてくれると説明した。

「あなたたちはどんな問題によく直面するかしら？　それを修正できるアプリを思いつけるかやってみましょう」

プリヤ・ディディは黒板にリストを書きだしたけれど、わたしは、自分の問題がアプリで解決できるとは思えなかった。母さんの仕事を取りもどしたり、兄さんを家に帰らせたり、犯罪者をつかまえたりするアプリがあるとは思えない。

ギータが手をあげた。

「プリヤ・ディディ、あたしの両親は英語を話すことはできるんですけど、読んだり書いたりはあまりできなくて。それで、あたしが名前の書き方を教えてあげたんです。両親に英語を教えるアプリは作れますか？　父さんも母さんも読み書きを覚えたいけど、習いに行くのははずかしいみたいなんです」

この問題は、わたしもよくわかる。わたしの両親も読むのは苦手だ。母さんはヒンディー語はまだ読めるけど、父さんは読まなきゃいけないものはいつも、母さんにわたしてしまう。

わたしと同じようにほかの子たちも、これがどんな気持ちかわかるはずだ。

シャンティもうなずいた。

「いいアイデアね」シャンティはそう言うとほら貝を取りだして吹(ふ)いたので、わたしたちはみんな、クスクス笑った。

アミーナが手をあげて話しはじめた。

「バカな考えかもしれないんですけれど――」

アミーナが続きを言う前に、プリヤ・ディディが口をはさんだ。

「思いだして。どんなアイデアも全部いいものなの。さあ、続けて」

「わかりました。わたし、ひとりで歩いていると、こわいんです。だれかがおそってきたらどうしようって」

プリヤ・ディディが言った。

「わたしたちはだれもがそういうふうに思うことがあると思うわ。アプリでなにができると思う？」

「ひとりで歩いているときに、わたしたちの安全を守れるアプリを作るとか？　ボタンを押したら大きな警報が鳴るというのはどう？」と、アミーナが言った。

「そして、ボタンを押したら、緊急連絡センターにつながるというのは？」と、ギータが言った。

プリヤ・ディディはふたりとハイタッチをし、わたしたちはみんなすごく盛りあがった。

テクノロジーはわたしたちに力をくれる。わたしは無力な自分のかわりに、女神シャクティにでもなった気分だった。悪と闘い、トラも乗りこなすシャクティ。

話し合いは続いた。アイデアがどんどん出てくる。町にあふれているごみの山の写真を役所に送るアプリを作るべきだと言った子もいた。しつこく送り続ければ、役所もなにもしないわけにはいかなくなるだろう。

川や浜辺をきれいにするボランティアを集める方法を考えよう、と言う子もいた。

土砂降りのあとのように、雲が晴れていく。太陽が顔を出し、空は黄色とオレンジにそまる。

わたしは、物語のなかのあのかしこいウサギになった気がしていた。解決方法はあるかもしれない。

「自分がだれかを知らせないまま、警察に通報できる方法があったらどうかしら？」わたしは声に出して言ってみた。

シャンティはさっと顔をあげると、なにを言い出すの？　という目でこっちを見た。

「匿名でっていうこと？」と、プリヤ・ディディが聞いた。

「そうです」わたしはそう答えながら、この質問をしないほうがよかっただろうかと思いはじめていた。

「その問題を解決するのにアプリは役に立つかも」と、ディディが言った。

クラスが終わると、シャンティがわたしのところへ来た。わたしたちは、手をつないでいっしょに家に帰った。

四月の終わりの暑さが、ほそうされた道路から立ちのぼってくる。雨はもうずっと降っていない。新聞には、湖の水位が低いことを伝える見出しがずっとおどっている。でも、水の供給が減らされていることを知るために、わたしはわざわざ新聞を読む必要はない。水くみに並ぶ人の列が教えてくれる。

「ミンニ。お母さんが今ここにいてくれないことは、あなたにとって大変なことだと思う。いつでもわたしをたよっていいって、ちゃんと覚えておいてね」

シャンティの気持ちはよくわかっている。でも、わたしのせいでシャンティになにかあったら、わたしは自分を許せない。シャンティは、この地域全体にとって必要な人だ。コミュニティセンターでやっていることだけじゃない。みんなの悩みやぐちを聞いてくれる存在で、わたしたちが前に進んでいけるのは、シャンティが語ってくれるさまざまなお話のおかげだ。

「わかってるわ。ありがとう」わたしはなんとか言った。

「じゃあ、なにも言わなくていいから。ただ、うなずいて」

わたしは、うなずいた。

「あなたは、ほかのだれも知らないことを知ってるの？」

わたしは、うなずいた。

「それで困ったことになるかもしれない？」

わたしは、勢いよくうなずいた。

「聞いて、ミンニ。危険を感じたら、お願いだからわたしのところに来てね。来るって、約束して」

「わかった」と、わたしは言った。「そんなことになったら、そうするって約束するわ」

「よかった。わたしもあなたも、あなたが勇敢だってわかってるわ、ミンニ。でも、あなたはとても思慮深くてかしこい子でもあるって、最近特に感じるの。あなたはやりたいことをなんでもできるわ——それはコンピューターを使うことかもしれないし、もっと好きななにかを見つけることかもしれない。あなたの未来は明るいの。心配ごとにかまけて、それを忘れないでね」

シャンティの言葉は、サンジャイがわたしに言ったことと同じだった。

ふたりがわたしを信じてくれるのなら、わたしも自分を信じるべきじゃない？

37

アニータ奥さまの家のベルを鳴らしながら、わたしは緊張していた。奥さまはわたしを追い返すかな？　正式にクビになるのかな？　こうして勇気を出して来たのだから、クビかどうかはわかるだろう。でも、奥さまは怒っているようには見えなくて、なかに入るように言われた。

ピンキーのおばあさんはリビングのソファーに座っていた。そのいかめしい顔を見ると、わたしは今にも逃げだしたかった。

「アニータ」おばあさんが、うながすように奥さまに声をかけた。「話し合ったことを忘れるんじゃないよ」

「ミーナ。わたしは、もっとあなたに期待していました。ロヒニが、あなたにはしっかり教えてあるしきちんと働くと言ったから、信用していたわ。でも、そうではなかった」と、アニータ奥さまが言った。

わたしは、うなだれて自分の足を見つめた。母さんや自分を弁護するようなことはなにも言わないほうがいいとわかっていた。求められていないことは言わないようにという、母さんの言葉を思いだす。

　ピンキーのおばあさんが言った。

「おまえがわたしの使用人なら、おまえが割ったうつわを弁償させるんだけどね。払い終えるのに一年かかっても。アニータは使用人を雇うとき、もっと注意深くならなきゃいけないよ」

　おばあさんはチッと舌打ちすると立ちあがった。リビングの入り口はせまく、おばあさんはわたしに身ぶりで、じゃまだからどけ、と示した。わたしは、壁にぴったりとくっついた。わたしが下層カーストの人間だから、近寄りたくないとか、さわりたくないとか思っているのかな？　そういう古い考えはずいぶん前になくなったと言う人もいるけれど、そうとは言えないと、今まさに思い知らされている。

「もう一度失敗したら、あなたをクビにしなくてはいけないわ」アニータ奥さまが言った。「あなたをクビにしないのは、ロヒニがほんとにいい使用人だったからよ。ロヒニに、すぐにでももどってきてほしいと思ってるの」

　わたしだって、母さんに早くもどってきてほしい。

　わたしは泣きそうになったのでキッチンに走りこみ、そうじを始める前になんとか気持ちを落ち着かせた。今日はピンキーの帰りがおそくなると聞いてほっとした。それなら仕事に集中できる。

　リビングでそうじをしているわたしの後ろで、テレビの大きな音が流れていた。アニータ奥さまはソファーに座り、映画雑誌を読みながらわたしの仕事ぶりを監視していた。

床をモップでふいているとニュースの解説者が、警察は給水車や個人の井戸から水を盗んでいるマフィアにあと一歩というところまでせまっている、と言っているのが聞こえた。

わたしはそうじをやめて、モップをぎゅっとにぎりしめた。そして、アニータ奥さまのほうをちらりと盗み見た。奥さまはソファーに寝そべって、雑誌に夢中になっている。

とつぜん、奥さまが片ひじをついて体を起こした。

「来月、大きな予算をかけた映画の撮影がジュフビーチで始まるんですって。知ってた？」奥さまはそう言うと、またソファーに寝ころんだ。

いいえ、知りませんでした。そんなこと、どうでもいいです。あなたは、自分の夫が水マフィアだと知ってるんですか？

モップの柄を何度もにぎりしめた。ぎゅっとにぎりしめたら、そこから真実をしぼりだせるみたいに。

「ミーナ。あのすみはそうじした？　きのう、お義母さまがあそこにほこりがあると言ってらしたわ」

わたしはそのすみにもどると、できるだけ強く床をみがいた。みがくことで、なんとかさけばずに済んだ。

テレビでは、ニュースの解説者が、警察は水マフィアの身元を割り出すために市民に情報提供を求めていると言っている。犯罪行為を通報する電話番号がテレビ画面にぱっと現れた。大きく太く書かれた数字だ。覚えようとしたけれど、メモしたほうがいいと思った。数字はまだ出ている。サイドテーブルにあった紙とえんぴつに、手をのばした。あわてていたのでよろめき、テーブルの角にひじをぶつけた。あまりの痛さに息がつまる。

アニータ奥さまが、何事かという目でこちらを見た。でも、雑誌のほうが気になるみたいだ。わたしは、映画スターと彼らの魅力的な生活に思わず感謝した。

こうしてわたしは、画面に出ていた三つの電話番号のうちふたつをなんとかメモした。

仕事が終わると、わたしはファイザの家に行った。ファイザのお母さんには散歩に行くと言って外に出ると、ファイザの手に数字を書いたメモを押しつけ、説明した。

「あたしたち、携帯持ってないじゃない。どうやって電話する？」と、ファイザ。

「そこだよね。実際、父さんたちからは借りられないよね。窓口につながるまでにどのくらい時間がかかるかわからないもん」

「だれも来ない場所で電話できるといいね」

そんな話をしながらコミュニティセンターの前にさしかかると、窓のところにプリヤ・ディディの姿が見えた。

わたしはファイザの手をぎゅっとにぎり、センターのなかへ入っていった。

「プリヤ・ディディ。わたしたち、電話をしなくちゃいけない用事があって。でも、電話を持ってないんです」と、わたしは言った。

ディディは、片方のまゆをあげた。それから立ちあがるとジーンズのポケットから携帯電話を引っぱりだした。そして、なにも聞かずに差しだしてくれた。

「ちょっと時間がかかるかもしれません」と、ファイザが言い、わたしもうなずいた。

「わたしはしばらくここにいるから、奥の部屋を使ったらいいわ」

ファイザとわたしは、プリヤ・ディディにぎゅっと抱きついた。

「さあ、行きなさい」と、ディディが言った。

奥の部屋で箱やいすに囲まれながら、わたしは電話をかけた。

電話がつながり、声が聞こえてきて、わたしは鳥肌が立った。でも、それは生の声ではなかった。順番におつなぎします、という録音された声に続き、音楽が流れてきた。

ファイザとわたしは携帯に耳をくっつけて待っていた。そして、とうとう「こちらはムンバイ警察です」という生の声が聞こえてきて、わたしたちは飛びあがった。

「おまわりさん、わたし、水マフィアについて知ってることがあるんです」

わたしがそれ以上のことを言う前に、警官がたずねた。

「きみはいくつだい？」

わたしは考えるまでもなく答えた。

「十二歳です」

「おい、みんな、聞いてくれ。十二歳の子が電話してきたぞ。この子は、警察が知らないことを知ってるんだってよ」その警官はそう言うと、ゲラゲラ笑いだした。その後ろから、ほかの人の笑い声も聞こえてくる。

警官は、電話を切った。これでおしまい。なんの音もしない。

ファイザとわたしは、信じられない思いで顔を見合わせた。

わたしは、もうつながっていない電話に向かってさけびたかった。

わたしの話を聞いて。わたしは、たった十二歳かもしれない。でも、問題だらけの世の中を見てきている。そろそろ大人がどうにかするべきときじゃないの？

38

ピンキーの部屋でわたしがシーツを交換している間、ピンキーは机に向かって勉強していた。シーツをなでつけていると、ボードに画鋲でとめられた、少し小さな一枚の写真が目に入った。前にはそこになかったものだった。雪山の前で両親といっしょに写っているピンキーの写真だ。そのとなりには、腰に手を当てて立っているお父さんだけの写真が貼ってある。

わたしが写真を見ていることに気づいたピンキーが言った。

「去年、スイスに行ったときの写真なの」

それからピンキーは、床に置いてある写真であふれた段ボール箱を指さして言った。

「これを片づけておいてくれる？　必要な写真は見つけたから」

わたしはうなずいた。頭のなかをいろんな考えがかけめぐる。その箱のなかには、ピンキーのお父さんの写真がもっとあるにちがいない。それを一枚ぬきとって警察にわたしたら、ピンキーのお父さんが水マフィアだってわかるのに役立つのでは？　どうやってわたすかは別として。

ピンキーのベッドメイキングを終えると、わたしは床にひざをついて、ピンキーに背を向け、写真を集めはじめた。散らばった写真はほとんどが、アニータ奥さまとピンキーのものだった。でも、ボードに貼ってあるのと同じピンキーのお父さんの写真があった。わたしは、それをすばやくシャツの下にすべりこませた。

ピンキーはたくさん写真を持っている。一枚ぐらいなくなっても気づかないだろう。


仕事が終わって家に帰りながらふと思った。わたしはどろぼう？　でも、わたしが盗んだのは、写真の焼きまし一枚だけだ。水のような、だれもが生きるのに必要な大切なものではない。

わたしの盗みは、人を傷つけるようなものではない。

むしろ、役に立つことをしようとしているのだから。なんとかして、この写真をジャーナリストのような力のある人にわたさなくては。新聞社やテレビ局の住所を調べたらわかるかもしれない。そしたら、バスに乗ってそこへ行き、写真をだれかにわたせばいい。でも、わたしたちが十二歳の子どもだと知ったら、笑い飛ばすかもしれない。電話に出たあの警官がそうだったように。

おなかがグルグル鳴って、わたしはおなかがすいていることに気づいた。そこで、父さんの店に寄ることにした。近くまで行くと、警官がふたりいるのが見えた。ほんの一瞬、あまりにバカげたことだけれど、写真を盗んだことでわたしを逮捕しに来たのかと思った。

でも、ふたりの警官は、父さんと話しながら楽しそうにしている。電話に出たあの警官のようには見えなかった。

父さんがわたしを見つけてにっこりした。

「この子がおれの娘、ミンニだよ」と、父さんはわたしを警官たちに紹介した。

「きみのお父さんが作るチャイは最高だよ。こくてあまい」と、ひとりが言った。

「毎日今くらいの時間に一杯飲まないと、仕事中に寝ちまいそうになるんだ」と、もうひとりが言った。

「おまえは、パコダも山ほどいるんじゃないのか？　起きてるためには、パコダも必要なんだろ？」と、最初の警官がからかった。

警官たちが出ていったので、わたしは父さんに聞いてみた。

「あの人たち、毎日来るの？」

「ああ、来るよ。この時間の常連さんだ」

「それはいいわね」ほんとによかった。目の前に問題の解決方法がぶらさがっていたなんて。

39

翌日、わたしの頭のなかは不安でいっぱいだった。どうしてわたしは、自分がなにかを変えられるなんて思ったのだろう？　なにさまのつもり？　八年生になれるかどうかもわからない十二歳の女の子にすぎないのに。何百万人もがくらすこの町で、食べていくのがやっとなのは、だれの家族？

わたしは、水くみの列に並んでいるときに見た争いごとを、いろいろ思いだした。

みんなに行きわたるだけの水がないと、怒りや恐れ、イライラが生まれる。ほんの小さな火花で、争いごとの火はぱっと燃えあがる。ついこの間も、小さな女の子がけがをしたという話を聞いた。だれかが、その子のお母さんが列に割りこんだと文句を言ったのだ。その子はナンおばさんのだんなさんのように、まずいときにまずい場所に入りこんでしまった。その子はなにも悪くないのに、災いがその子を見つけたのだ。

わたしは、ピンキーのお父さんのことを考えた。ああいう人が、悪い状況をさらに悪くする。それもすべて、自分たちが裕福になるためだけに。わたしたちのことなんて、これっぽっちも考えてはいない。もうあともどりできない。行動するしかない。やるしかないのだ。

わたしは仕事のあと、ファイザを見つけた。ファイザが左手を使ってピンキーの父親の名前と住所を写真の裏に書き、わたしも左手で水マフィアと書いた。あの警官たちがおしゃべりに夢中になってわたしたちに気づかないうちに、どちらかのかばんに写真をすべりこませるという計画だった。

わたしたちは、太陽がしずみはじめるのを待った。警官たちはそのころチャイを飲みに来る。

サンジャイのTシャツを着て、ファイザといっしょにいると、わたしはなんだか強くなったような気がした。Tシャツからはかすかにサンジャイのにおいと、母さんが——そして、今はわたしが——洗濯に使っているレモンの香りの石けんのにおいがした。封筒に入れた写真は、わたしのスカートのポケットに入れてある。モティもわたしたちのそばにいる。

わたしは、人さし指の爪をかんだ。不安になったりこわくなったりすると爪をかむという新しいくせは、痛みをともなうものだけど、どの指もかめる爪がほとんど残っていないことに、自分でおどろいた。

わたしは、自分の両手を見つめた。前とは全然ちがう。モップをかけたり床をみがいたりすることで、皮ふはかたくなり、たこができている。わたしは自分の両手が、今や母さんや父さん、そしてサンジャイと同じように見えることに気づいた。働く人の手。わたしはそれを誇りに思った。

「おれたちの出番がやってくる。おれたちの出番がやってくる」

アミットの仲間たちが流行歌のラップを大声でやっている横を、通りすぎた。

ファイザがわたしをつついて言った。

「願わくは、ボス・マンの出番もやってきますように」ファイザの冗談に、緊張がほぐれた。（ボス・マンはインドの人気リアリティ番組『ビッグ・ボス』の司会者。「やるなら今だ」という定番のセリフで、だれを番組から退場させるかを宣言する）

父さんの店に着くと、カーキ色の制服を着た警官たちがたくさんいた。みんなチャイを飲みながら新しく着任した警察署長の話をしている。署長は大きな変化を巻き起こすために任命されたとか、きびしいけれど公平な人だとか。

家に走って帰りたくなっている自分もいた。わたしがやろうとしていることを知ったら、父さんはどう思うだろう？　父さんは、ピンキーのお父さんが犯罪者だということすら知らない。でも、仮に知ったとして、わたしがやろうとしていることをかしこくて用心深い方法だとわかってくれるだろうか？災いに飛びこみたいわけではなくて、むしろ災いを取りのぞきたいからやるんだって、わかってくれる？

わたしがこわがっていることがわかったのだろう、ファイザがささやいた。

「あなたならできるわよ、ミンニ。思いだして、あなたはかしこいウサギなのよ」

「ありがとう、ファイザ。やるなら今よね。だから、もう行かなくちゃ」

ファイザはわたしの下手くそな冗談に、にっこりした。そして、わたしたちは父さんの店に向かって歩きだした。でも、モティがついてきていないことに気がついてふり返った。

モティはわたしたちについてくるかわりに、警官のところに行ってしっぽをふっていた。警官のひとりがしゃがんでモティをなでている。

「名前はなんだ？」

ファイザが近寄って言った。

「この子、モティです。世界一かしこい犬なんです」

みんな、モティに気を取られている。だれもわたしのほうを見ていない。

完ぺきなタイミングだ。ファイザは、警官たちに仕事について質問している。

わたしはそのうちのひとりに近づき、肩からさげているかばんに写真を入れた。

写真がそっとかばんに落ちていく。

それだけ。

終わった。

「ミンニ」と、父さんが呼び、わたしにチャイのカップをふたつわたしした。それを受け取りながら、手がふるえた。でも、ラッキーなことに、父さんはいそがしすぎてまったく気づいていなかった。わたしはカップをひとつファイザにわたした。ファイザと目が合う。ファイザがウインクした。

わたしたちは家への帰り道、舞いあがっていた。

「モティ。あなた、世界一かしこい犬だって言われたことある?」と、わたしが言った。

「あたしがさっき言ったわよ! これからずっと言いつづけるわ!」ファイザが笑った。

家に着くと、わたしたちはビスケットを見つけてモティにやった。モティ——最高の犬。わたしたちの秘密兵器。

40

コミュニティセンターのそばを歩いていると、「あなた、ロヒニの娘さんじゃない？」という声が聞こえた。声の主は、母さんが田舎へ行く前にみてもらった診療所の新任のお医者さんだった。

「そうです」

「あなたのお母さんがまた診察を受けに来てくれるのを待ってたのよ。血液検査の結果が出てるから」

わたしがぼんやりしているのを見た先生は、続けて言った。「あなたのお母さんが血液検査を受けた日についてきたのは、あなたじゃなかった？」

「ああ、そうです。ちょっと忘れちゃってただけです。今ではすごく前のことに思えて。先生の診察を受けてすぐ、母さんは実家に帰りました。そのほうがゆっくり休めるから。母さんはよくなってきてるみたいです」

「それはよかったわ」と、先生は言った。「診療所のなかで、ふたりきりでちょっと話せるかしら？」

先生の口調がとても真剣だったので、わたしのなかの不安が一気に目を覚ました。血液検査でなにがわかったんだろう?

「母さんはガンなんですか?」診療所のなかに入るとすぐ、たずねた。「母さん、死んじゃうんですか?」

先生は自分の向かいに座るようにうながすと、すぐに説明しはじめた。

「いいえ、ガンじゃないわ。それに、たとえガンだとしても、今はやれることがあるから。でも、あなたのお母さんはA型肝炎だったの。これは治療可能な病気よ」

治療可能という言葉を聞いて、わたしは止めていた息をまた吸った。

「肝炎というのは、肝臓がウイルスに感染する病気なの。汚染された食品や水から広がるものなんだけれど、あなたたち、水は沸騰させている?」

水、水、水。なんでもかんでも水だ。

「はい、今ではいつもそうしています。でも、いそがしくてできなかったことも何度か……」

「そう。あなたたちが今ではいつも水を沸騰させているのなら、よかったわ。あなたのお母さんにとってのいいニュースは、たいていの場合、しっかり休養すれば治るということよ。でも、残りの家族の人たちは、できるだけ早くワクチンを打つべきね」

「ワクチンを打ったら、肝炎にはならないんですか？」

「そのとおり。ポリオや天然痘のように、A型肝炎にもワクチンがあるの」

わたしはうなずいた。ほっとして涙が一気にあふれた。すごくかんたんなことに聞こえる。なのに、わたしたちはそれを知らなかったなんて。

先生にお礼を言うと、このいいニュースを知らせに父さんの店に急いだ。腕をけんめいにふって走る。腕じゃなくてつばさだったらいいのに。ふくらはぎが、焼けるように痛い。ああ、一刻も早く知らせたい！

先生の話を全部父さんに伝えると、父さんの顔がぱっと明るくなった。とつぜん、何歳も若返ったように見えた。わたしたちはみんな同じように心配していたのだ。父さん、サンジャイ、そしてわたし。みんな母さんが死ぬんじゃないかとおびえていた。そして、その不安を口に出すことを、たがいに恐れていたのだった。

「すぐに母さんに電話しよう」父さんはそう言うと、わたしに携帯電話を差しだした。「おまえが話すといい」

母さんに先生の話を伝えると、ほっとした声が聞こえてきた。

「これでほんとによくなりそうよ」母さんがうれしそうに言った。

それからわたしは、ファイザとファイザのお母さん、そして、近所の人たちにもこのことを知らせに走った。

ファイザのお母さんは、わたしをぎゅっと抱きしめてくれた。シャンティに報告すると、その笑顔がふるえた。ナンおばさんは「神さまのおかげね、ミンニ」と言った。

みんなもずっと心配してくれていたのだ。

恐れや不安で押しつぶされそうになると、今度はそれを言葉にするのがこわくなる、ということに、わたしは気づいた。言葉にすることで、それが現実になってしまう気がするのだ。でも、不安は消えない。まるでどんどん生えてはびこり、作物の息の根を止めてしまう雑草みたいだ。

その夜おそく、わたしはサンジャイに電話し、母さんの検査の結果についてくわしく教えた。

「ミンニ、今まででいちばんいい知らせだよ」

兄さんを喜ばせることができるのは、いつだってうれしい。

それからわたしは写真のことと、わたしとファイザがモティの助けを借りて、その写真をこっそり警官にわたしたことを話した。

「おまえたちふたりと一匹は、才能があふれてるよ」と、兄さんは言い、わたしがもう一回言ってとねだると、ゲラゲラ笑った。

そのあと、わたしは日記にこう書いた。

シャンティが教えてくれた。
水にはいろんな言葉でいろんな名前がついていると。
ウォーター（英語）　パーニー（ヒンディー語）　オ（フランス語）
H_2O（化学式）　ジョル（ベンガル語）
マー（アラビア語）　アグア（スペイン語）　ネロ（ギリシャ語）
ニール（タミル語）　ヴァッテン（スウェーデン語）　ヴォダ（チェコ語）
ほかにもわたしの知らない言葉がある。
でも、わたしは水は命だと知っている。
水は流れ、空から降（ふ）り、こぼれ、まとまり、嵐（あらし）となり、したたる。
まるで命のように、常に変化する。
でも、今のこの瞬間（しゅんかん）、わたしのグラスには水があふれている気がする。
感謝の気持ちもあふれている。

41

数日後、仕事からの帰り道でナンおばさんに会った。

「おかえり、ミンニ」おばさんは、なにか言いたげなほほ笑みをうかべている。

家に近づくと、モティがまっしぐらに走ってきた。しっぽをくるくるとふっている。

「モティもうれしそうね」と、わたしは言った。

家にもっと近づくと、よく知っているダールの香りがしてきた。

母さんがいる！　家に入る前からそのことがわかった。

母さんはわたしを見て、たたんでいたサリーを落とすと、わたしに向かって手をのばし、ぎゅっと抱きしめて放さなかった。かぎ慣れた母さんのバラの石けんの香りを吸いこむ。

母さんの腕に包まれ、わたしはずっとかかえてきた心配ごとから解放された——水が足りないこと、学校のこと、母さんの病気のこと、わたしの仕事のこと。

父さんが夕ご飯に帰ってきた。母さんがラジオをつけ、流れてくる古いボリウッド映画の歌に合わせてハミングしている。父さんも加わった。でも、あまりに音が外れているので、わたしたちは笑ってしまった。

「田舎は、こっちよりずっと静かだったけれど、ふたりに会えなくてさみしかったわ。次は、このさわがしさも持っていくわね」と、母さんが言った。

わたしたちは床の上に小さな円を描くように座り、わたしはなにもかも味わった。

質素な食事だった。ダールとご飯。わたしがピンキーの家で給仕しているような、肉やいくつもの野菜を使ったこった料理ではない。でも、なにものにも代えがたい。

その夜、父さんの携帯電話でサンジャイにメッセージを送った。

母さんが帰ってきたよ。

その一文が、まるでひとつの詩に思えた。

次の日、母さんは、わたしもアニータ奥さまの家にいっしょに行って、たとえいちばんしたくないことだとしても、最後のあいさつをするべきだと言った。ここ数日は、仕事に行くのがこわかった。わたしがやったことが、わたしの制服のシャツについた校章のように、みんなの目に見えているような気がして不安だったのだ。それに、ピンキーのお父さんが帰ってくるかもしれないという心配もあった。また顔を合わせることになったら、どうしたらいいかわからなかった。あんな失敗をしたあとなのだ。

ピンキーのマンションのそばにあるフレームツリーは、その名のとおり炎のような赤い花が美しく咲いていた。まるで、母さんが帰ってきたことを喜んでくれているようだ。

母さんがわたしの手をにぎって言った。

「ミンニ、あなたがわたしの代わりにここに来て、わたしの仕事を守ってくれたこと、誇りに思うわ」

わたしは最低限のことしか言っちゃだめと自分に言い聞かせ、大したことないよとだけ言った。なにかのひょうしに、あんなことやこんなことが母さんにばれたら困る。

でも、母さんはそんなわたしの反応を喜んでいた。

「ミンニ。あなたはほんとに大人になったわね。あなたが黙っていられるか心配だったの。あなたはいつも、おしゃべりしたいことがたくさんあるから」

これからあふれ出てくるかもしれない話を、母さんが今知っていてくれたらなあ！　アニータ奥さまがなにか言うかもしれないから、飛び散ったプディングや割れたうつわのことを先に話しておくべきだろうかと、わたしは悩みに悩んでいた。でも、角を曲がると、ピンキーのマンションの前に警察の車が三台止まっているのが見えた。カメラをセットしているテレビの人たちの車もあった。

「何事なの？　みんなだいじょうぶだといいんだけれど！」と、母さんが言った。

門にいた警備員がわたしたちを止め、警察から許可が出るまでだれも入れないと言った。カーキ色のパンツとそろいのシャツを着た男の人が警察の車から出て、門から入っていった。その人には見覚えがあった。テレビで見たことがある。父さんの店で警官たちが話していた新任の警察署長だ。彼は大きな変化を巻き起こしているところで、悪質なマフィアに立ち向かっているというもっぱらの評判だった。

母さんが首をのばして門のなかをのぞきこむ。ほかのやじ馬たちもやってきた。よく見ようと、木にのぼる男の子たちもいた。わたしもいっしょにのぼりたかったけれど、母さんがわたしの手をぎゅっとにぎって、自分のそばから離さなかった。

警察が門のまわりに集まってきた。門があきはじめ、テレビのカメラマンがわっと押しよせた。

警察署長が出てきた。その後ろにいるのは、ピンキーのお父さんだった。手錠をかけられている。地面をじっと見つめている。ふたりの警官が、両脇から腕をつかんでいる。

やじ馬は息を飲み、母さんは気を失いそうだった。

わたしは信じられない思いで、その場に立ちつくしていた。どうなってるの？　警察はピンキーのお父さんのことを、すでにほかからの密告で知ってたの？　もしかして、わたしがすべりこませた写真も役に立ったのかな？

そんなこと、絶対わからないことだけど。

わかっていることは、わたしはまちがいを正すために動いたということだ。そして、わたしたちをアリのようにふみつぶすことができていた人は、もうその力を持っていないということだった。

42

ピンキーのお父さんが逮捕されたというニュースは、大きなモンスーンであふれた雨水のように近所をかけめぐった。

みんな、ピンキーのお父さんのような人が水マフィアの片棒をかつぐなんて信じられなかった。金も権力もある人がつかまったということにもショックを受けていた。警察が市民のために仕事をし、本当の犯罪者を逮捕してくれたことに、多くの人が歓声をあげた。なかには、やれやれというように頭をふり、どうせ弁護士が釈放させると言う人もいた。

わたしはニュースを見て新聞を読んだ。メディアは、ピンキーのお父さんの逮捕がさらに上のボス――後ろで糸を引く黒幕――の逮捕につながることを期待すると言っていた。

ピンキーのお父さんより権力もお金もある人がいるなんて、おどろきしかなかった。

ピンキーのお母さんに関していうと、母さんは今朝奥さまの様子をうかがいに行き、そして、A型肝炎についてのお医者さんのアドバイスを話した。そこでわかったことは、アニータ奥さまと家族は全員ワクチンを打っているということだった。お金持ちはみんなワクチンを打っているんだろう。いずれにしても、このあたりでワクチンを無料で打てる日を設ける準備が進められていると、お医者さんは言っていた。

母さんの話だと、アニータ奥さまは目を泣きはらしていて、ピンキーがお母さんをなぐさめようとお茶をいれていたという。ピンキーのおばあさんは出ていったらしい。

「あのおばあさんは、自分の娘さんのところへ行って、いっしょにくらすらしいわ。神さま、どうか娘さんにご加護を」と、母さんが言った。

わたしはクスクス笑いはじめた。母さんも笑いはじめた。でも母さんはそのあと、額にしわを寄せた。

「奥さまたちも、もうすぐ行ってしまうの。アニータ奥さまはしばらく、プネーのご実家にピンキーと身を寄せるそう。もどってくる予定はないって」

つまり、わたしがあんなにがんばったにもかかわらず、結局母さんは仕事を失ったということになる。

「母さん。わたしたちどうするの？　アニータ奥さまがわたしの学費を出してくださったんでしょ？」

「なんとかするわ。あまり心配しすぎないようにしましょう。ドアがひとつ閉じても、別のドアがあくって信じてるの」

母さん、ほんとに別のドアがあくと思ってるの？　わたしは疑問だった。わたしは、この数週間ですごく大人になったので、口に出してから後悔するような言葉を言わないでおくために、舌をかむなんてことはしなくて済むようになっていた。そんな言葉は、心のなかでおどらせておくだけだ。

わたしもくよくよ心配するのはやめにしようと決めた。いざとなれば、無料の公立学校に行くだけのことだ。そこでは先生がお昼になっても出てこないときもあるって聞くけれど。わたしに必要なのは、高校を卒業するということだけなんだから。そして、わたしは卒業する。

サンジャイからの電話を受けられるように、父さんが携帯電話を置いていってくれた。電話が鳴ると、わたしは飛びついた。

「ああ、サンジャイ。警察がピンキーのお父さんを逮捕してくれたのよ！　結局、世の中には正義っていうものがあったんだわ。だから、もう帰って来られるよ。サンジャイと母さんが家にいるなんて、夢ってかなうんだね！」

サンジャイは黙っていた。すぐにわたしは、前に自分だけ話してファイザの話を聞かなかったときのことを思いだした。同じ失敗はくり返したくない。

「サンジャイ、ごめんね、わたしばっかりしゃべっちゃって。そっちはどう？」

「だいじょうぶだよ、ミンニ。でも、一大決心をしたんだ」

「家に帰る切符を買ったの？」

「ちがうんだ、ミンニ。つまりその、おれは家には帰らない」

「もう少しそっちにいたいってこと、サンジャイ？　田舎が気に入ってるのはわかるけど」

「ミンニ」と言ったサンジャイの口調に、わたしはぎくりとした。

「おしゃべりミンニ」サンジャイは、ふたたび話しはじめた。「覚えているかい？　おれがアミットの家族やその友だちに料理を作って、みんなが喜んでくれたときのこと。そのときいた友だちのひとりが、小さなレストランをやってるってわかったんだ。その店のコックがやめちまって、おれにその仕事をやらせてくれるって。おれ、金をかせぐよ——そうしたら、おまえの学費の足しになるように金を送ることができる」

わたしは、サンジャイの言葉を飲みこむのにちょっと時間がかかった。

「ありがとう、サンジャイ。でも、そんなことする必要ないのよ——それより、わたしはサンジャイに帰ってきてほしいわ。ほら、前にこっちで働いていたレストランが、いつか料理もさせてくれるんじゃない？」

「〈いつか〉は〈今日〉じゃないんだ」と、サンジャイが言った。「ここでなら、おれは本当のコックになれる。ムンバイでは、おれは野菜をきざむしかない」

「そうね」サンジャイの言うことを認めながらも声がふるえる。「それは、そのとおりだわ」

「これがおれのやりたいことなんだよ、ミンニ。いいかい、おれとおまえ、ふたりとも、ほしくてたまらないだろ？　おまえはもっと教育を、おれはもっとチャンスを」

　サンジャイは正しい。わたしたちはふたりとも、ほしくてたまらない。そして、わたしたちはしたいことをするべきときが来たんだ。わたしはサンジャイに家にいてほしいけれど、それはサンジャイにとってベストではない。

「アミットはどうするの？」泣くのをこらえるために、聞いた。

「アミットは明日帰るよ。あいつは、ムンバイに帰るのが待ちきれないんだ。口を開けば――歌う歌まで――ムンバイ、ムンバイ」

「それはよかったわ。ねえ、サンジャイ。兄さんはなにかムンバイで恋しいことはないの？」

「海の音が恋しいよ。そして、ときどき詩人になるうるさい妹も恋しいな。なあ、ミンニ。おまえの詩はほんとにいいよ。実際おまえは、すごく大人になったから、もう新しいあだ名を作らなくっちゃな」

「それはいいアイデアだわ。覚えてる？　兄さんはわたしを才能があふれてるって言ったのよ。モティのこともそう言ったけど」と、わたしは冗談(じょうだん)を飛ばした。「信じてくれるかわからないけど、わたし、ほんとのことを言うと、おしゃべりミンニって呼(よ)ばれないのがさみしいの」

おやすみを言うときになって、サンジャイが言った。

「ミンニ。悲しがるなよ。おれのために喜んでくれよな」

「そうするわ、サンジャイ。わたし、ほんとに喜んでるのよ」

43

その日の夕方、ファイザとわたしが家で勉強していると、外の段(だん)のところで母さんがナンおばさんに、仕事を探(さが)しているの、と話すのが聞こえてきた。

「わたしはあなたのロティを食べたことがあるけれど、最高だったわ。わたしがナンで商売してるみたいに、あなたはロティで商売しようと思ったことはないの？」

「思ったことないわ。わたしは学校も満足に出てないから。商売なんて、わかるわけないじゃない？」

「そんなこと言わないで」と、ナンおばさんが言った。「あなたはかしこいわ。それに、わたしにできるなら、あなたにだってできるはずよ。わたしたちは英語は話せないかもしれない。でも、わたしたちほどおいしいナンやロティを焼ける人はいないわよ」

「始めるにはなにを準備したらいいのかしら？」母さんの声が、興奮(こうふん)している。

「買ってくれるお客さんが必要ね。もちろんあなたの手、小麦粉、ひとつまみの塩、そしてオイルもね」

　わたしはぱっと飛びあがると外に出た。

「きっとできるよ、母さん！」

　ナンおばさんは、ボディビルダーみたいに腕に力こぶを作ってみせた。そして、母さんも同じように力こぶを作ってみせた。母さんがこんなにわくわくしてるなんて、うれしい。

「母さん、わたし、手伝うよ。母さんの商売を宣伝するためのチラシを作れる。パソコン教室の友だちも、絶対手伝ってくれる。ピンキーのマンションの親切な警備員さんにも、マンションの住人さんたちにチラシを配ってってお願いできると思う。ファイザとわたしは、ほかにもいろんなところでチラシを配るわ」と、言った。

　母さんが、クスクスと笑った。

「ああ、ミンニ。こうやって熱くなるあなたが、ずっと恋しかった。ボスは自分自身だということも、お金を使ってはクタクタだわとぼやく女の人たちの足をマッサージしなくて済むことも、どっちもうれしいわ」

　ナンおばさんが帰ったあと、母さんはわたしとファイザにヌードルを作りはじめた。母さんが作ってくれているところに行って、後ろからぎゅっとハグをした。

「ありがとう、母さん！　ヌードルを作ってくれてありがとう！」

母さんはわたしを見て言った。

「母さんは、たまには家を留守にしたほうがよさそうね。インスタントのヌードルを作るくらいで、そんなに感謝されるなんてね」

わたしはもう二度と、母さんがわたしのために料理してくれることを当然だなんて思わないって、伝えたかった。いつかきっと、アニータ奥さまの家での出来事を話せる日だって来るだろう。

ファイザとインスタントのヌードルを食べながら、わたしは、母さんとナンおばさんの会話を思いだしていた。

「ねえ、母さん。ドアが閉じたら、新しいドアがあくって言ってた母さんは正しかったね。お店の名前は〈ロヒニのロティ〉というのはどう？」

「〈ロヒニのロティ〉」母さんは舌で転がすように、その名前を何度も言った。「気に入ったわ。いい名前だと思う。アニータ奥さまの使用人でいるよりずっといいわ」

44

日曜日の朝、わたしはいつも水くみをしてくれる母さんに休んでもらうために、列に並んでいた。列は長く、わたしの前に並んでいる女の人たちは、地面に座りこんでいる。ファイザとわたしは並んで立ったまま、たがいに問題を出しあった。試験まであといく日もなく、わたしたちはちょっとした時間もすべて勉強にあてていた。

「列に並ぶ時間を節約できる方法があったらいいのにね」ファイザが、復習ノートをめくりながら言った。「あなたお得意の——アプリだっけ?——あれでこの問題をなんとかできないの?」

「できたらいいんだけど」と、言いかけて、ファイザの言葉にピンと来た。「ねえ、ねえ、ファイザ、あなたって天才! それ、パソコン教室でやってみるのにちょうどいい問題だわ。わたしたちは、お金を節約しようとする。食べ物を節約して燃料の木も節約する。もちろん、時間だって節約して当たり前だわ」

「お役に立ててなによりだわ」ファイザはそう言うと、わたしの前でおじぎをして、ダンスを始めた。

そのあと、わたしはパソコン教室に走っていった。

「プリヤ・ディディ、アプリのアイデアがうかびました」

「どんなの？」と、プリヤ・ディディが言った。

わたしの口から言葉があふれでた。

「水くみの列を、アプリでやるというのは？　順番が来たら、アプリがそれぞれの携帯に通知する。通知が来たら、バケツを持って共同水道に走っていく。時間が節約できます。みんなイライラしなくて済む。争いごとも減ると思います」

ディディは、拍手した。

「いいアイデアだわ――なんていう名前にする？」

わたしが思わず口にしたのは、ヒンディー語の「水」という言葉だった。

「パーニー」

「水。そうね、水、命になくてはならないものだわ」と、シャンティが言った。

「でも、ミンニ。みんながみんな、携帯電話を持ってるわけじゃないわ」と、ギータが言った。

「ええ、そこなの。もちろん、みんなが持ってるわけじゃないわ」と、わたしは認めた。

「それに、アプリを使わないで列に並ぶっていう人はどうするの？」アミーナが言った。

いい指摘はもっとあった。わたしは自分のアイデアに興奮しすぎて、細かいところまで考えていなかったことに気づいた。

がっかりしているわたしを見て、プリヤ・ディディが言った。

「ミンニ、いいアイデアには問題点が付きものよ。それが挑戦っていうもの。あなたのアイデアはすばらしいわ。でも、あらゆる角度から検討してみないとね。これは、どんなアプリも直面する問題だわ」

プリヤ・ディディのアドバイスで、わたしは気持ちを立て直した。クラスが終わったあと、ディディはわたしを引き留めて、勉強の進み具合を聞いてくれた。

「だいじょうぶだと思います。歴史の年を覚えるのだけは苦手なんですけれど」

「わたしもそうだったわ」と、ディディが言った。「でも、わたしにはその問題の解決方法があるの。わたしがやったのは、カードに重要なできごとと年をすべて書くという方法。わたしは見て覚える人だから。今いっしょに作ってみる？」

「はい、時間ありますか？」

「ええ。それに、あなたがインドの歴史を覚える手伝いをするということは、わたしもいっしょに勉強できるっていうことだしね」

そこでわたしたちは並んで座り、わたし用とファイザ用の二組のカードを作った。

「ミンニ、あなたはなにか夏休みの予定はあるの？」

「友だちのファイザとぶらぶらするくらいです。あと、ファイザといっしょに、ミティ川とその岸をそうじするボランティアに参加するつもりです。あまりにもプラスチックやごみが多くて、あれを減らすのはとても無理だってみんな考えていました。でも、ボランティアはやっているんです」

「わたしも参加していいかしら？」

「もちろんです。川がきれいになっていくのを見るのはわくわくしますよ」

「すばらしいわ、ミンニ。すごくいいことだと思う。わたし、考えていたんだけれど、もし、あなたに時間があったら、ここで仕事をしない？　わたし、夏の間ここで働く予定なんだけれど、一週間に二、三日なら、手伝ってくれる人を使えるの。あなたは仕事をなくしたって聞いたし、お金が必要じゃない？」

ほんとに言葉にならなかった。わたしは首ふり人形みたいに、ただ何度も何度もうなずいた。

「最高です」

プリヤ・ディディが、仕事のくわしい内容を教えてくれた。わたしがうなずき続けているのを見て、ディディがにこっと笑った。

「これで契約成立ね」

わたしたちはカード作りにもどった。でも、集中するまで数分かかった。このニュースをサンジャイに話すところを想像する。自分で学費を払えると報告できるのだ。サンジャイはきっとレストランの仕事が決まったとき、今のわたしと同じくらい誇らしく満足に思ったのだろう。

重要なできごとと年をすべてカードに書き終えると、プリヤ・ディディはわたしに問題を出し、わたしはほとんど正解を答えられた。

ディディは手をたたき、部屋をおどりまわってわたしを笑わせた。シャンティが最初に、お姉さんと呼ぶよう提案したときのことを思いだす。あのとき、わたしたちは敬意をこめて「ディディ」と呼ぶことにした。今、わたしは、プリヤ・ディディを本当の姉のように思って「ディディ」と呼んでいる。

教室を出るころに、ギータが走ってもどってきた。

「あたし、あなたのアプリにいいアイデアがうかんだのよ、ミンニ！　地域の共同水道のうちひとつかふたつに〈アプリタップ〉ってラベルを貼ったらいいんじゃない？　アプリで調べて予約できるタップ、つまり蛇口はこれですよ、っていう意味で。そしたら、それがネットで予約できる水道だって見てわかるでしょ？」

「すばらしいアイデアだわ。それにすごくいい名前ね」と、わたしは言った。

わたしは家に向かって歩きながら、やる気がわいてくるのを感じていた——同時に、プリヤ・ディディをはじめ、頭がよくてやさしい女の子たちに囲まれて、わたしはなんてラッキーなんだろうとも思った。

このところ、わたしはずっと、人間の悪い面ばかり見てきていた。〈見ざる聞かざる言わざる〉——悪いものは見ない、悪いことは聞かない、言わない——という父さんの教えのとおりに悪い面を見ないでいることはむずかしいけれど、よい面を見ることもできてうれしかった。

45

試験当日、わたしはおかしなくらい感覚がなかった。永遠と思えるほどずっと、試験のために準備してきた気がする。それを終わらせる準備はできていた。

シャー先生が、わたしに声をかけながら、肩をぎゅっとつかんでささやいてくれた。

「あなたならできるわ」

わたしたちは、試験開始の合図のベルが鳴るのを待った。そして、シャー先生が冊子になっている試験問題と解答用紙を配った。

わたしは冊子の封を切って、問題を読みはじめた。

最初の問題は、インドがイギリスから独立したのは何年ですか？　だった。

わたしはプリヤ・ディディと作ったカードの数字を頭にうかべながら、一九四七年と書いた。

頭の上で、扇風機がカタカタ音を立てながら回っている。とうとう最後の問題になった。読みながら、思わずにっこりした。シャンティとの会話を思いだしたのだ。わたしは、ムンバイに水を供給している七つの湖をあげていった。

わたしは、すべての問題には正解できなかったかもしれない。それは、勉強したり、サンジャイをからかったり、おしゃべりしていればよかったころと同じだ。だけど、合格できるだけの点数は取れているという確信が、自分でもあった。それもこれも、わたしを助けてくれた人たちのおかげだった。そして、がんばり通した自分自身のおかげでもあった。

試験が終わるとファイザとわたしは手をつないで、海上大橋を見わたせる丘の上まで走っていった。三つ編みのおさげがはね、うれしさのあまりハグしてさわぐわたしたちのほおを、ほつれた髪の毛と風がくすぐった。なにか重いものが、肩からはずれた気がした。

「ミンニ。あたしたち、やったんだね！　試験に合格したし、犯人もやっつけたんだよ！」

「そうね、犯人をやっつける手助けをしたよね。やったのは、ほとんどモティだけど」

わたしたちは、犯罪者と戦うボリウッド映画のヒーローのように、空手キックをまねした。

「ハイヤー！」とさけびながら、飛びげりした。「ハイヤー！」

空手のチョップはダンスのステップに変わった。ファイザにかかったら、なんでもこうなる。とうとうわたしたちは、へとへとになって、地面にたおれこんだ。

「海上大橋はMの字みたいに見えない？　ムンバイのM。そして、ミンニのM」と、わたしが言った。

「そして、五月のM——夏休みがやってくる！」と、ファイザが言った。「それに、いちばん重要なMを忘れちゃだめよ」

「奇跡の犬、モティ！」わたしたちは、声をそろえてさけんだ。

そして、わたしたちは地面に座ると、広大で果てしないアラビア海をながめた。海をながめていると、まるで世界は水でできているかのように思える。

わたしは、ここにサンジャイと来たことを思いだしていた。わたしたちは、夢と希望を話していた。今、サンジャイは自分の夢に向かってスタートを切ったところだ。わたしは、自分の夢を見つけようとがんばっている。あのときからこんなに自分が成長するなんて、信じられないくらい。

シャンティの言葉を思いだす。

「昔々、このあたりにひとりの少女が住んでいました。かつて七つの島だったこの町に。その少女には大きな夢があり、幸運にめぐまれていました」

今、わたしは本当にその少女になった。

みんながわたしとわたしの未来を信じてくれているという自信で胸がいっぱい。世界にいどみ、夢を見続ける準備はできた。わたしの前にいどんだ人たちのように、たとえ波が押しよせてこようとも、わたしは、強くあり続けよう。

訳者あとがき

村上利佳

みなさんは「インド」と聞くと、なにを思い浮かべますか？

インドは総面積が世界七位、人口は二〇二三年の半ばに中国を抜き、世界一位になったと推定される超大国です。その最大都市が、インドの経済や金融、そして映画産業の中心地で、かつて「ボンベイ」と呼ばれていたこの物語の舞台、ムンバイです。

物語の冒頭に出てくる海上大橋は、「バンドラ・ウォーリ・シーリンク」という実在するインド初の海上斜張橋です。橋げた（道路部分）を支えるために、高さ一二六メートルの主塔からケーブルが張ってあり、その主塔とケーブルの様子が、ローマ字のMのように見えるということです。

インドの学校制度は基本的に小学校が五年（六〜十歳）、中学校が三年、中等学校が二年、上級中等学校（中等学校と合わせて日本の高等学校に該当）が二年の十二年間で、義務教育は八年生までです。主人公のミンニは十二歳で七年生ということになります。しかし、政府が運営する無償の公立学校は教師も施設も質が悪く、私立学校とは比べものになりません。

ミンニは幸いなことに、私立学校に通っています。「スラムに住んでいるのに私立学校に通えるの？」と疑問に思うかもしれませんが、スラムにも格差があり、確かに貧困層の人々が住んでいますが、経済活動が盛んで、ミンニのお母さんのように市内中心部に仕事に行く人がたくさんいるスラムもあるのです。

物語でピンキーのおばあさんが「カースト」について触れていましたね。インド社会を語る上で欠かせないのがこの「カースト」という身分制度ですが、とても複雑です。「人間は生まれによって四つにわけられる」とする「ヴァルナ」という考えと、「職種によって二〇〇〇以上にわけられた集団」である「ジャーティ」という考えが結びついてできている制度で、差別の元にもなっています。現在のインド憲法では否定されていますが、その影響は今も根強く残っています。

24章で出てきた「塩の行進」は、第一次世界大戦後、イギリスからの独立を目指してガンディーが行った非暴力・不服従運動のひとつです。ガンディーはイギリスの植民地政府が行っていた塩の専売制に反対し、支持者とともにおよそ三八〇キロメートルを行進しながら途中の海岸で塩を作り、多くの人々が参加して独立運動を盛り上げました。

また、この物語には、インド料理がたくさん出てきましたね。日本では聞きなれない料理ばかりですが、どれもおいしそうです。ぜひ一度、インド料理店で試してみてください。

日本では蛇口をひねれば、そのまま飲める安全な水が好きなだけ出てきます。それは、地球規模で見ると、とてもぜいたくなことです。わかさなくては飲めない水のために、早朝からバケツを持って並ばなければならないミンニたちを思いながら、大切に水を使ってもらえるとうれしいです。

著者
ヴァルシャ・バジャージ
Varsha Bajaj

インドのムンバイで生まれ育つ。1986年大学院生として米国に留学。修士号を取得した後、米国でカウンセラーとして働き結婚。テキサス州ヒューストン在住。代表作に“Count Me In”など。本書が初の邦訳となる。

訳者
村上利佳
むらかみりか

愛知県生まれ。南山大学外国語学部英米科卒業。商事会社勤務を経て翻訳家に。やまねこ翻訳クラブ会員。主な訳書に「名探偵テスとミナ」シリーズ(文響社)、「嵐の守り手」シリーズ(評論社)などがある。

スラムに水は流れない

2024年4月30日　初版発行

著者　ヴァルシャ・バジャージ
訳者　村上利佳
発行者　山浦真一
発行所　あすなろ書房
〒162-0041 東京都新宿区早稲田鶴巻町551-4
電話 03-3203-3350(代表)
印刷所　佐久印刷所
製本所　ナショナル製本

ISBN978-4-7515-3184-6 NDC933 Printed in Japan